The War of the Worlds

푸 른 숲
징 검 다 리
클 래 식
010

우주 전쟁

The War of the Worlds

허버트 조지 웰스 지음
손현숙 옮김

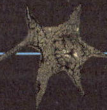

푸른숲주니어

| 기획위원의 말 |

'푸른숲 징검다리 클래식'을 펴내며

어린 시절, 할머니께서 조근조근 들려주시던 옛날이야기는 새로운 세상과 통하는 작은 창이었다. 상상의 날개를 달고 떠나는 창 너머 세상으로의 여행은 들어도 들어도 질리지 않는 재미와 마음속 깊은 곳을 울리는 감동을 선사해 주곤 했다. 그뿐 아니라 우리의 삶을 어떻게 꾸려 가야 하는지 곰곰이 생각해 보게 하는 지혜를 가르쳐 주었다. 말하자면 우리는 그 이야기들을 통해 '삶'을 배운 셈이다.

우리가 문학 작품을 읽어야 하는 까닭 또한 '삶을 배운다'는 점에서 크게 다르지 않다. 우리는 한 편 한 편의 문학 작품을 만나 사랑을 배우고, 우정을 배우고, 진실을 배우고, 지혜를 배운다.

그런 점에서 '푸른숲 징검다리 클래식'은 참 의미가 깊다. 오랜 세월을 거치며 각 나라의 문학사에 확고히 자리매김한 작품들을 한데 모았기 때문이다. 문학을 사랑하는 사람들이 즐겨 읽어 세계적인 명저로 일컬어지는 작품들……. 이를테면 우리 부모 세대, 아니 그 이전 세대부터 즐겨 읽었던 작품들로 많은 이들에게 삶의 의미와 가치를 일러주고, 또 '인생'이란 망망대해에서 등대 역할을 담당했던 것들이다.

세월이 흘러 사람들이 사는 모습도 달라지고 생각도 달라졌다. 그러나 시대와 장소를 뛰어넘어 변하지 않는 것이 있다. 바로 '삶'이다. 사람이 있는 곳이라면 어디든지 존재하는 삶은 항상 저마다의 무게를 떠안고 있다. 그 무게는 진실이라는 옷을 입고 문학 작품 속에 영원한 생명을 불어넣는다. 우리는 그것을 '고전'이라 부른다.

그러나 제아무리 훌륭한 고전이라 해도 독자가 읽고 소화할 수 없다면 아무런 소용이 없다. 지나치게 방대한 분량과 길고 어려운 문장은 책을 읽으려는 청소년들의 의지를 꺾을 뿐 아니라 좌절감마저 불러일으킨다.

'푸른숲 징검다리 클래식'은 바로 그러한 점을 염두에 두고 기획된 세계 명작 시리즈이다. 작품이 본디 지닌 맛과 재미를 고스란히 살리면서 우리 청소년들이 읽고 소화하기 쉽게 글을 다듬었다.

그리고 본문 뒤에는 현직 국어 교사들이 직접 쓴 해설을 붙였다. 작가나 작품에 대한 풍부한 설명은 물론, 그 작품들이 지니고 있는 현재적 의미까지 상세하게 짚어 보이고 있다. 아울러 해설 곳곳에 관련 정보를 담은 팁과 시각 자료를 배치해, 읽는 재미를 넘어 보는 재미까지 만끽할 수 있도록 했다.

아무쪼록 '푸른숲 징검다리 클래식'을 통해 우리 청소년들의 삶이 더욱더 깊고 풍성해지기를…….

2006년 4월
기획위원 강혜원·계득성·전종옥

| 차례 |

기획위원의 말　004

| 제1장 |　전쟁 전야　009
| 제2장 |　원통 우주선　017
| 제3장 |　문이 열리다　024
| 제4장 |　다가오는 죽음의 그림자　030
| 제5장 |　폭풍우를 뚫고　041
| 제6장 |　파괴의 소용돌이 속에서　051

| 제7장 | 런던을 덮친 공포 063

| 제8장 | 검은 독가스 075

| 제9장 | 탈출 083

| 제10장 | 바다 위의 전투 093

| 제11장 | 화성인에게 짓밟힌 지구 103

| 제12장 | 갇혀 지낸 날들 119

| 제13장 | 푸트니 언덕에서 만난 사람 133

| 제14장 | 기이한 울음소리 148

| 제15장 | 폐허 157

에필로그 164

《우주 전쟁》 제대로 읽기 169

우주 전쟁이 벌어진 곳들

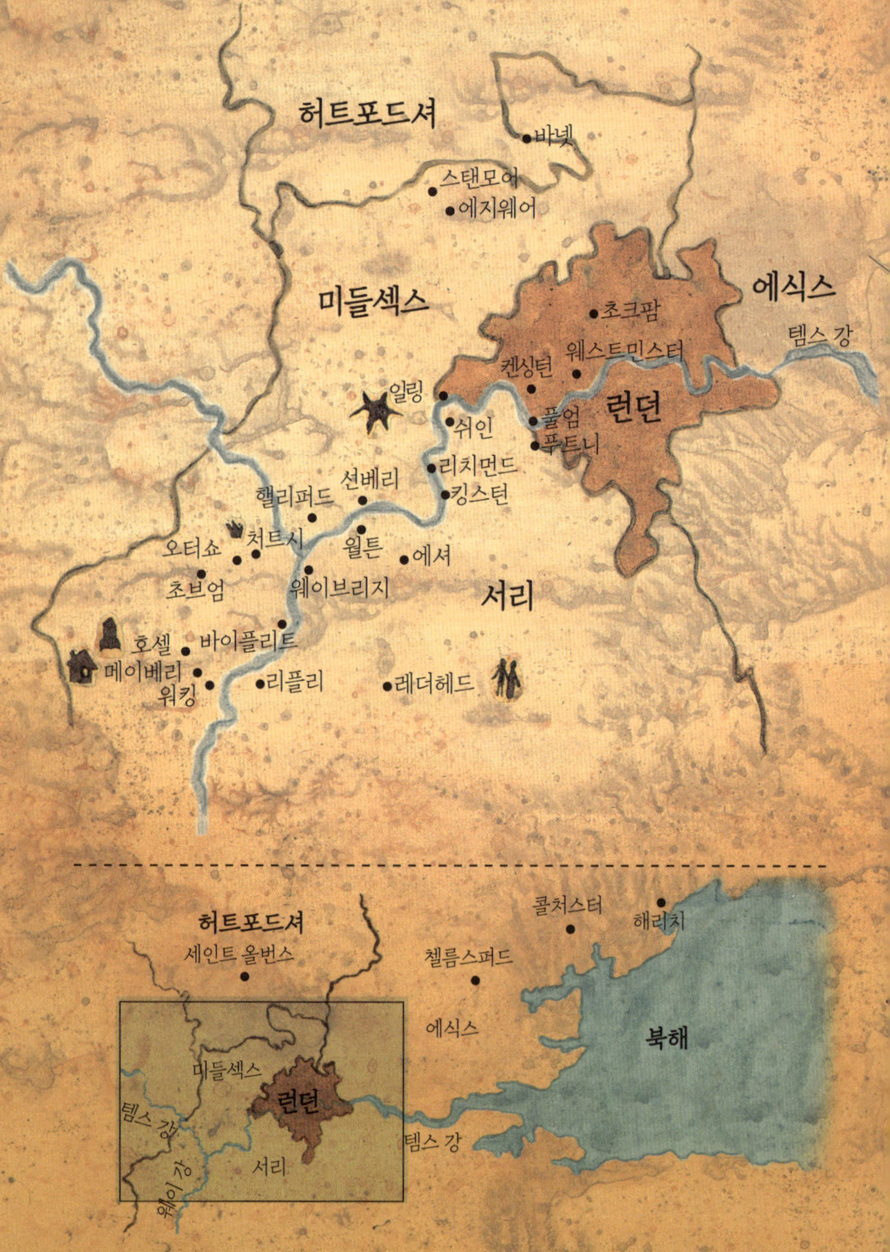
허트포드셔
바넷
스탠모어
에지웨어
미들섹스
에식스
초크팜
웨스트민스터
템스 강
켄싱턴
일링
런던
쉬인
풀엄
푸트니
리치먼드
선베리
헬리퍼드
킹스턴
처트시
오터쇼
월튼
에셔
초브엄
웨이브리지
서리
호셀
바이플리트
메이베리
워킹
리플리
레더헤드
허트포드셔
세인트 올번스
콜처스터
해리치
첼름스퍼드
에식스
북해
미들섹스
런던
템스 강
템스 강
서리
웨이 강

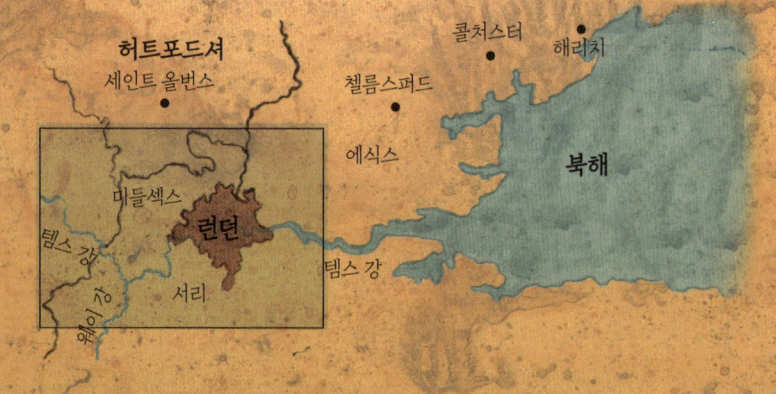

제 1 장
전쟁 전야

  19세기 말까지만 해도 사람들은 우주에 인간보다 지능이 훨씬 높은 존재가 있다고는 전혀 생각지 못했다. 더군다나 과학자들이 물방울 속의 세균을 관찰하듯, 누군가가 우리를 속속들이 들여다보고 있다는 사실은 꿈에도 알지 못했다.
  사람들은 지나친 자만심에 빠져 인간의 제국이 뭐든 해결할 수 있다고 굳게 믿고 하찮은 일에만 몰두했다. 다른 행성이 우리를 위협하리라고는 상상도 할 수 없었다. 기껏해야 화성에 생명체가 있을지도 모른다고 생각하는 정도가 고작이었다. 그것도 그 생명체들이 우리보다 미개해서, 우리가 찾아가면 열렬히 환영해 줄지도 모른다는 한가한 상상이었다.

그 무렵 드넓은 우주 공간 저 너머에서는 우리보다 지능이 뛰어난 존재들이 질투 어린 눈으로 지구를 지켜보고 있었다. 그들은 차근차근 그리고 확실하게 지구를 정복할 계획을 세웠다. 그리고 마침내 20세기 초에 충격적인 사건이 터졌다.

잘 알려져 있다시피 화성은 태양에서 이억 이천사백만 킬로미터 떨어진 궤도에서 공전한다. 이 행성이 태양에서 받는 빛과 열의 양은 지구가 받는 양의 절반에도 채 미치지 못한다. 과학적 추론이 옳다면, 화성은 지구보다 나이가 훨씬 많으며 아주 오래전부터 생명체를 길렀다. 크기가 지구의 칠 분의 일 정도밖에 되지 않아서 생명체가 움틀 수 있는 온도까지 내려가기가 더 쉽기 때문이다. 게다가 화성은 공기와 물을 비롯하여 생명체에게 꼭 필요한 조건을 두루 갖추고 있었다.

하지만 인간은 얼마나 거만하고 무지했던가! 19세기 말까지 어떤 학자도, 뛰어난 지능을 지닌 생명체가 머나먼 행성에서 진화하고 있을 것이라고는 예측하지 못했다. 화성이 지구보다 더 오래되고 더 작은 데다 태양에서 더 멀리 떨어져 있기 때문에 생명체의 발생이 일렀던 만큼 종말도 더 빨리 맞이할 거라는 사실은 더더욱 알 수가 없었다.

언젠간 지구도 그리 되겠지만 화성은 이미 영구 빙하기를 맞이했다. 화성의 물리적 환경에 대해서는 아직 많은 것이 밝혀지지 않았지만 그중 한 가지는 확실하다. 화성에서 가장 더운 곳의 한낮 기온이 지구에서 가장 추운 지방의 겨울 기온보다 낮다는 사실이다. 공기는 지구보다 희박하고 바다는 겨우 표면적의 삼 분의 일밖에 되지 않는다. 극지방의 얼음은 점점 녹아내리고 있다. 모든 생명체의 종말은, 지구인에게는 먼 훗날의 얘기일지 모르지만 화성인에게는 당장 코앞에 닥친 문제가 되었다.

이 절박한 문제를 해결하느라 애쓴 덕분에 화성인의 지능은 더 높아지고 힘도 세어졌다. 또한 그들은 냉철한 정신으로 무장했다. 화성인들은 우리의 상상을 뛰어넘는 첨단 장비와 지능으로 우주를 살피다가 마침내 오천육백만 킬로미터밖에 떨어져 있지 않은 곳에서 희망의 별을 찾아냈다. 바로 지구였다. 따뜻한 행성 지구에는 초록빛 식물이 무성하고 물도 풍부했다. 땅은 기름지고 사람들은 박작거렸다.

그들의 눈에는 인간들이 어떻게 비쳤을까. 아마도 자기들보다 덜 발달한 생명체로 보였을 것이다. 우리가 원숭이를 그렇게 보듯이 말이다.

화성인들로서는 멸망하지 않고 살아남기 위해서 태양 쪽으로 좀 더 가까이 가야 했다. 그래서 생명체로 가득한 지구를 빼앗기 위해 전쟁을 벌이지 않을 수 없었다.

우리가 그런 화성인을 무조건 잔인하다고 비판할 수 있을까? 우리는 지금까지 이 지상의 동물들에게, 심지어 같은 종족인 인간에게 얼마나 포악하게 굴어 왔는지를 떠올려야 한다. 인간의 무자비한 폭력 때문에 사라진 아메리카들소나 도도새를 생각해 보라. 또한 호주 남동쪽의 태즈메이니아 섬에 살던 사람들은 유럽 이민자들의 손에 오십 년이 채 못 되는 사이에 지구상에서 자취를 감추고 말았다. 만약 화성인들이 그와 똑같이 우리를 공격한다면 과연 그들에게 자비를 구할 수 있을까?

화성인들은 우주 여정을 아주 치밀하게 계산한 것으로 보인다. 그들의 수학 지식은 우리보다 훨씬 더 앞선 듯하다. 만약 우리가 보다 발달한 도구들을 갖고 있었다면, 19세기 이전부터 불행의 조짐이 조금씩 보였다는 사실을 알아차렸을 것이다. 이탈리아의 천문학자 스키아파렐리는 붉은 혹성을 관찰했으나 변화의 낌새를 알아채지 못했다. 화성인들은 그때도 줄곧 무언가를 준비하고 있었을 텐데 말이다.

1894년, 지구와 태양과 화성이 '충(衝)'으로 들어섰을 때였다. 여기서 '충'이란 지구에서 봤을 때 어떤 행성이 태양과 정반대의 위치에 오는 것을 말한다. 곧 태양─지구─행성의 순으로 일직선을 이루는 것. '충'의 시기에 행성과 지구는 가장 가까워진다. 그때 많은 천문학자들이 화성의 표면에서 큰 빛 덩어리가 번쩍이는 것을 목격했다. 아마도 그 빛은 거대한 대포를 쏠 때 나온 것이고, 그때 화성에 커다란 구덩이가 생긴 것 같다. 그러니까 그들이 우리를 향해 무언가를 발사한 것이다.

공격은 육 년 전에 시작되었다. 8월 12일 자정 무렵, 한 천문학자가 화성 표면에서 불길에 휩싸인 거대한 구름을 관측했다. 그 천문학자는 그것이 대포에서 발사된 화염 가스와 비슷하다고 했다.

이제 와서 생각해 보면 그 표현은 아주 정확했다. 하지만 다음 날 그것을 다룬 신문 보도는 고작 조그만 단신이 전부였다. 그래서 지구인들은 지구가 맞닥뜨린 역사상 가장 큰 위험을 알 도리가 없었다.

나 역시 유명한 천문학자인 오길비 박사를 만나지 않았더라면 아무것도 몰랐을 것이다. 이 사건에 무척 흥분한 그는 나를 초대하여 그 붉은 행성을 함께 지켜보자고 하였다.

그 뒤로 수많은 일들이 일어났지만 아직도 그날 밤의 일이 또렷이 기억난다. 어둡고 조용한 천문대, 한쪽 구석에서 은은하게 빛나던 등불, 천체 망원경에 달린 태엽 장치가 똑딱거리던 소리…….

천체 망원경을 통해서 나는 짙푸른 우주 한가운데에 있는 작디작은 별 하나를 보았다. 그 별은 완전한 원형에서 위아래가 약간 눌린 모양으로, 가로줄 무늬가 희미하게 보였다.

너무 멀고 작아서 눈에 보이지는 않았지만, 그 별에서 무언가가 쏜살같이 우리 쪽으로 날아오고 있었다. 그때는 관측을 하면서도 그것을 알 길이 없었다. 아니, 지구에 사는 누구라도 외계인이 쏜 물체가 지구로 날아오고 있다는 사실을 상상하지 못했을 것이다.

그날 밤, 멀리 떨어진 이 행성에서 또 한 차례 가스 덩어리가 뿜어져 나오고 두 번째 물체가 발사되었다. 첫 물체가 발사된 다음 스물네 시간이 못 되어 두 번째 것이 화성에서 지구로 돌진하기 시작한 것이다. 나는 가장자리가 불그스름하게 빛나는 덩어리를 보았다. 그때 시계가 자정을 알렸다.

사실 그 당시 나는 그 조그만 빛이 무엇을 뜻하는지 깊이 생각해 보지 않았다. 그것 때문에 내가 어떤 고난을 겪을지도 전혀 짐작하지 못했다. 내가 본 것을 오길비 박사에게 말하자, 그는 내 자리로 와서 가스 덩어리가 화성 표면에서 솟아오르는 것을 자세히 관찰하였다. 우리는 새벽 한 시까지 관찰한 뒤 등불을 켜 들고 그의 집까지 걸어갔다. 오터쇼와 처트시에 사는 사람들은 어둠 속에 평화로이 잠들어 있었다.

그날 밤 오길비 박사는 화성에서 일어난 일을 두고 깊은 고민에 빠졌다. 화성인들이 우리에게 무언가 신호를 보내는 것은 아닐까 하고 내가 서툰 상상을 하자 그는 그럴 리 없다며 콧방귀를 뀌었다. 그는 화성에서 운석들이 충돌했거나 거대한 화산이 폭발했을 거라고 생각했다.

"화성에 인간과 같은 생명체가 있을 확률은 기껏해야 백만분의 일일세."

그가 말했다.

수백 명의 사람들이 그날 밤 그 불덩어리를 관측했다. 그리고 그 다음 날 자정에도, 그 다음다음 날에도 그랬다. 열흘 동안이나 밤마다 불덩어리가 나타났다. 그런데 열흘 뒤 그 현상이 왜 갑자기 사라졌는지 아는 사람은 아무도 없었다. 어쩌면 발사할 때 피어오르는 가스 때문에 그쪽에서 무슨 문제가 생겼는지도 모르겠다. 성능 좋은 천체 망원경으로 보면, 연기나 먼지로 이루어진 두꺼운 구름층이 이리저리 떠다니는 작은 회색 조각처럼 보였다. 그것이 맑은 화성 대기권으로 번지면서 결국 화성의 모습을 가렸다.

마침내 일간 신문들이 관심을 보이기 시작했다. 화성에서 일어난 화산 폭발에 대한 글들이 여기저기에서 쏟아졌다. 그러나 어느 누구도 화성인이 발사한 우주선들이 우주 공간을 가로질러 일 초당 수 킬로미터의 속도로 우리를 향해 날아오고 있다는 것까지는 생각하지 못했다.

정말 놀랍고도 이해할 수 없는 건, 그처럼 크나큰 위험이 닥쳐오는데도 사람들은 늘 하던 대로 사소한 걱정거리에나 신경을 썼다는 사실이다. 나는 그 당시 자전거를 배우는 재미에 한창 빠져 있었다. 또 '문명이 진보함에 따라 도덕성도 발전하는가'라는 주제로 신문에 연재할 글을 쓰느라 바빴다.

어느 날 밤, 그러니까 첫 번째 우주선이 지구에서 천오백만 킬로미터도 안 되는 지점까지 와 있을 때였다. 나는 아내와 산책을 하러 나갔다. 하늘에서 빛나는 별들을 바라보며 아내에게 십이궁에 대해 설명해 주었다. 그러면서 지금 수많은 천체 망원경들이 주목하는 별, 화성을 가리켰다.

따스한 밤이었다. 처트시에서 오는 여행객들이 노래를 부르며 우리 곁을 지나갔다. 사람들이 잠자리에 들 무렵, 집집의 이층 창문에서 불빛이 흘러나왔다. 저 멀리 떨어진 기차 역에서 선로 바꾸는 소리, 벨 소리, 덜컹거리는 소리가 음악처럼 부드럽게 들려왔다. 온 세상이 더없이 안락하고 푸근하게 느껴졌다.

제 2 장
원통 우주선

첫 번째 운석이 떨어졌다.

이른 아침, 윈체스터 동쪽 하늘 너머로 한 줄기 밝은 빛이 비껴갔다. 운석에 관한 한 최고 권위자인 데닝 박사는 이 유성이 약 백오십 킬로미터 상공에 처음 나타났다고 말했다. 그는 그 별이 자신의 관측소에서 동쪽으로 백육십 킬로미터 지점에 떨어졌다고 판단했다.

그 시각에 나는 서재에서 글을 쓰고 있었다. 그 무렵 밤하늘을 즐겨 쳐다보곤 했기 때문에 창문의 커튼을 열어 놓았지만 딱히 눈에 띄는 것을 발견하지는 못했다. 때맞춰 고개를 들어 보았더라면 이 세상에서 가장 이상한 물체가 지구로 떨어지는 것을 목격했을지도 모를 텐데 말이다. 실제로 버크셔와 서리, 미들섹스에 사는 많은 사람들이 그것을 보았지만 그저 막연히 흔하디흔한 운석이려니 생각했다. 그래서 아무도 그날 운석이 떨어진 곳을 찾아가 보려 하지 않았다.

그러나 오길비 박사는 운석이 떨어지는 것을 보고는 그것을 찾아볼 생각에 아침 일찍 일어났다. 그는 운석이 호셀과 오터쇼, 워킹 사이 어딘가에 떨어졌을 것이라 짐작했다.

아니나 다를까, 동이 트자마자 그는 호셀 벌판에서 그것을 찾아냈다. 떨어질 때 충격을 받아서인지 아주 큰 구덩이가 생겼다. 모래와 자갈이 사방으로 튀어나가 쌓여, 이 킬로미터 밖에서도 보일 만큼 큰 더미를 이루고 있었다.

떨어진 물체는 땅속에 통째로 처박혀 있었다. 밖에 드러난 부분은 지름이 삼십 미터쯤 되는 거대한 원통이었다. 원통의 겉은 짙은 갈색을 띠고 있었는데, 두꺼운 비늘 모양의 껍데기로 덮여 있었다.

오길비 박사는 물체에 가까이 다가갔다. 대기권을 통과하면서 공기와 마찰하여 뜨겁게 달궈진 것이라서 어느 정도 이상은 더 가까이 가 볼 수가 없었다. 안에서 무엇인가 움직이는 소리가 들려왔다. 그는 물체의 표면이 식으면서 나는 소리라고 생각했다.

그는 움푹 파인 구덩이의 가장자리에 서서 물체를 찬찬히 바라보았다. 그 물체는 여태까지 한 번도 본 적이 없는 모양과 색깔을 띠고 있었는데, 왠지 어떤 계획에 따라 착륙한 것 같다는 느낌이 들었다. 고요한 들판에는 그 혼자뿐이었다.

바로 그때, 원통 물체의 가장자리에서 껍데기의 일부가 떨어져 나갔다. 느닷없이 요란한 소리를 내며 커다란 조각이 떨어져 내리자 박사는 깜짝 놀라 뒤로 성큼 물러섰다.

잠시 동안 그는 어리둥절해 하며 서 있었다. 아직 열기가 채 가시지 않아 뜨거웠지만, 그 물체를 좀 더 자세히 보고 싶은 마음에 구덩이 속으로 기어 내려갔다. 순간 그는 원통의 윗부분이 아주 천천히 회전하고 있는 것을 알아차렸다.

그때까지만 해도 그는 무슨 일이 일어나고 있는지 전혀 몰랐다. 잠시 후 다시 큰 소리가 들리더니 검은 표시가 있는 부분이 앞으로 툭 튀어나왔다. 박사는 그제서야 깨달았다. 원통형 물체는 인공적으로 제작된 것으로 속이 비어 있으며, 윗부분의 뚜껑을 돌려서 열도록 설계되어 있었다. 실제로 원통 안쪽에서 무언가가 뚜껑을 열려 하고 있었다!

"세상에!"

오길비 박사는 자기도 모르게 중얼거렸다.

"안에 사람이 있군! 뜨거워서 타 죽을 지경이라 빠져나오려는 게야!"

그 순간, 이 원통형 물체가 화성의 빛줄기와 관련이 있을지도 모른다는 생각이 머리를 스쳤다. 그 안에 생명체가 갇혀 있을지도 모른다는 생각에 박사는 뜨거움도 잊은 채 물체 쪽으로 다가갔다. 뚜껑 여는 것을 도와주기 위해서였다. 하지만 뜨거운 기운이 확 끼치는 바람에 원통에는 손도 대지 못했다. 그는 어찌해야 좋을지 몰라서 망설이며 한동안 그 자리에 서 있었다. 그러다가 구덩이 밖으로 나와 워킹 쪽으로 달려갔다.

그때가 여섯 시 무렵이었다. 박사는 일찌감치 일을 보러 나온 마을 사람들과 마주치자, 조금 전에 본 것을 다급한 목소리로 늘어놓았다. 그러나 그의 이야기가 너무 황당한 데다 차림새까지 엉망이어서, 아무도 귀담아들으려 하지 않았다.

박사가 어느 정도 정신을 가다듬었을 때, 런던에서 저널리스트로 활동하는 헨더슨이 정원에 나와 있는 것이 보였다. 박사는 울타리 너머로 그를 불렀다.

"헨더슨, 어젯밤에 운석이 떨어지는 걸 보았나?"

"봤지. 왜?"

"그게 지금 호셀 벌판에 떨어져 있네."

"오, 정말인가? 운석이라! 그거 볼만하겠는걸."

"그런데 그게 보통 운석이 아니야. 원통형 물체야. 누군가가 만든 거라고! 게다가 그 안에 뭔가 들어 있어."

헨더슨은 손에 삽을 든 채 일어서면서 물었다.

"뭐라고?"

그는 한쪽 귀가 들리지 않았다. 오길비 박사는 자기가 본 것을 전부 이야기했다. 헨더슨은 들고 있던 삽을 내던지고 재킷을 집어들더니 당장 뛰쳐나왔다. 두 사람은 벌판으로 달려갔다.

원통형 물체는 아직 거기에 그대로 있었다. 안에서 들리던 소리는 더 이상 나지 않았다. 뚜껑과 몸체 사이에서 얇은 금속 테두리가 반짝였다. 그 사이로 공기가 드나들면서 지글거리는 소리가 났다. 두 사람은 불에 그을린 금속 껍데기를 돌멩이로 두드려 보았다. 아무런 기척이 없자, 안에 있는 누군가가 의식을 잃었거나 죽은 것이라고 결론지었다.

그들은 마을로 돌아가 도움을 청하기로 했다. 헨더슨은 단숨에 기차 역으로 가서 런던의 신문사로 전보를 쳤다.

여덟 시경, 많은 사람들이 '죽은 화성인'을 보려고 벌판으로 몰려들기 시작했다. 소문은 삽시간에 퍼져나갔다. 나는 여덟 시 사십오 분쯤에 신문을 사러 갔다가 신문팔이 소년에게서 그 소식을 듣고 깜짝 놀랐다. 그 길로 오터쇼 다리를 건너 그 구덩이로 향했다.

도착해 보니 스무 명 정도 되는 사람들이 모여 있었다. 그들은 원통형 물체가 빠져 있는 커다란 구덩이를 둘러싸고 서 있었다. 헨더슨과 오길비 박사는 보이지 않았다. 아마 그들은 당장 할 수 있는 일이 없다는 것을 알고서 아침을 먹으러 집으로 돌아간 모양이었다.

나는 구덩이로 기어 내려갔다. 발밑에서 아주 약한 진동이 느껴졌다. 하지만 회전하던 윗부분은 이제 움직이지 않았다. 그 원통형 물체는 화성에서 온 것이 틀림없어 보였다. 하지만 그 안에 생명체가 있을 것 같지는 않았다. 어쩌면 이 물체 안에서 해석하기 어려운 문서나 동전, 아니면 설계도 같은 것이 발견될지도 모른다는 상상이 떠오르기는 했다. 나는 불쑥 그것을 열어 보고 싶은 충동이 일었다.

열한 시경까지 아무 일도 일어나지 않았다. 나는 머릿속으로 온갖 상상을 하면서 메이베리에 있는 집으로 돌아왔다.

오후가 되자 벌판의 모습은 많이 달라져 있었다. 석간 신문의 초판 기사를 본 런던 사람들은 경악을 금치 못했다. 기사는 이런 제목을 달고 있었다.

화성에서 온 메시지
워킹에서 일어난 놀라운 사건!

구덩이 주변의 도로에는 워킹 역에서 온 여섯 대가량의 마차와 초브엄에서 온 이륜 마차 한 대, 그리고 귀족이나 탈 법한 마차 한 대가 서 있었다. 자전거도 많았다. 날씨가 아주 무더웠는데도 워킹과 처트시에서 걸어온 사람들 역시 제법 많았다. 그중에는 화려하게 차려입은 귀부인들도 있었다.

하늘에는 구름 한 점 없고 바람 한 자락 불지 않았다. 햇살이 따갑게 내리쬐고 있었지만 소나무 몇 그루가 만들어 낸 작은 그림자 말고는 그늘도 없었다.

대여섯 명의 사람이 구덩이 속에 들어가 있었다. 헨더슨과 오길비 박사, 왕립 천문대 학자인 스텐트가 삽과 곡괭이를 든 일꾼들 곁에 서 있었다. 스텐트는 원통형 물체에 올라서서 카랑카랑한 목소리로 지시를 내렸다. 그는 얼굴이 벌겋게 달아오른 채 땀을 뻘뻘 흘렸다. 왠지 몹시 초조해 보였다.

원통형 물체는 아랫부분만 땅에 묻혀 있을 뿐 몸통을 거의 다 드러냈다. 오길비 박사는 나를 보자마자 구덩이 속으로 내려오라고 소리쳤다. 내가 구덩이 속으로 내려가자, 그는 이곳 호셀 벌판의 주인인 힐튼 경을 만나러 가 달라고 부탁했다. 구경꾼들이 늘어나서 발굴 작업에 방해가 되니 땅 주인에게 협조를 구해야겠다는 것이었다. 특히 아이들이 문제였다. 그는 사람들이 접근하지 못하도록 울타리를 치고 싶다고 했다.

부탁을 해 주니 오히려 기뻤다. 나도 이 중요한 일에 뭔가 한몫 거드는 듯한 기분이 들었던 것이다. 서둘러 힐튼 경의 집을 찾아갔으나 그를 만나지는 못했다. 힐튼 경은 런던에서 여섯 시 기차로 온다고 했다. 그때가 다섯 시 십오 분쯤이었으므로, 나는 집으로 돌아와 차를 한 잔 마시고는 그를 만나러 기차 역으로 갔다.

제 3 장
문이 열리다

나는 해가 질 무렵에야 호셀 벌판으로 다시 돌아왔다. 워킹 쪽에서 사람들이 빠르게 몰려드는 바람에 구덩이 주위에는 이제 이백 명이 넘게 모여 있었다. 곳곳에서 언성이 높아지더니 나중에는 몸싸움까지 벌어졌다. 구덩이에 가까이 다가가자 스텐트의 목소리가 들렸다.

"뒤로 물러서요! 물러서!"

한 아이가 내 쪽으로 달려왔다.

"저게 움직여요."

그 아이가 내 곁을 지나가면서 말했다.

"뚜껑이 계속 돌아가요. 열리고 있다니까요. 전 보고 싶지 않아요. 집에 갈래요."

나는 사람들을 헤치고 안쪽으로 들어가 보았다. 다들 몹시 흥분해 있었다. 구덩이 속에서 윙윙거리는 소리가 들렸다.

"저 바보들 좀 뒤로 물러서게 해."

오길비 박사가 말했다.

"저 안에 뭐가 들어 있는지 누가 알아?"

원통형 물체 위에서 한 청년이 구덩이 밖으로 빠져나오려고 안간힘을 쓰고 있었다. 사람들에게 떠밀려 구덩이 속으로 떨어진 모양이었다.

원통의 뚜껑처럼 생긴 부분이 안에서 돌아가며 서서히 열리고 있었다. 지름이 오십 센티미터가량 되는 번쩍이는 나사가 밖으로 제법 튀어나와 있었다. 누군가가 떠미는 바람에 하마터면 나도 그 나사 위로 떨어질 뻔하였다. 내가 몸을 돌린 사이, 나사가 다 풀린 것 같았다. 원통의 뚜껑이 뎅그렁 하는 소리를 내며 자갈 위로 떨어졌다. 나는 팔꿈치로 내 뒤에 있는 사람을 밀치며 다시 물체 쪽으로 고개를 돌렸다. 저녁 햇살에 눈이 부셔서 구멍 안이 깜깜해 보였다.

사람들은 대부분 거기서 누군가가 나타나리라고 기대했을 것이다. 우리와는 다른 모습일지라도 우리가 지닌 요소를 대충 비슷하게 갖춘 생명체 말이다. 나도 그랬다.

어두운 곳에서 무엇인가가 꿈틀댔다. 잿빛 물체 같은 것이 휘

휘 돌면서 움직이는 듯했다. 이윽고 번뜩이는 원반 두 개가 나타났다. 그리고 곧 뱀처럼 기다란 것이 꿈틀거리며 재빠르게 우리에게 다가왔다. 촉수였다!

순간 온몸에 소름이 쭉 끼쳤다. 별안간 뒤에 있던 여자가 비명을 질렀다. 나는 촉수들이 기어 나오고 있는 원통형 물체를 주시하면서 몸을 반쯤 돌렸다. 구덩이에서 물러나야만 했다. 사람들은 공포에 떨며 서둘러 뒤쪽으로 물러났다. 아까 그 청년은 구덩이 가장자리에서 발버둥을 쳤다.

시간이 얼마나 지났을까. 정신을 차려 보니 나 혼자였다. 사람들은 여전히 도망을 치고 있었는데, 거기엔 스텐트도 끼어 있었다. 나는 그 자리에 얼어붙은 듯이 서서 원통형 물체를 바라보았다. 엄청나게 큰, 그러니까 곰만큼 큰 둥그런 잿빛 생명체가 고통스러운 몸짓으로 천천히 기어 나왔다. 햇빛을 받자 피부가 물에 젖은 가죽처럼 번들거렸다.

이윽고 까맣고 커다란 두 눈이 나를 빤히 바라보았다. 머리는 둥글었다. 얼굴도 있다고 할 수 있겠다. 눈 아래에 입이 있었지만 입술은 없었다. 괴물은 입 언저리를 부들부들 떨면서 침을 줄줄 흘렸고, 온몸으로 거칠게 숨을 몰아쉬었다. 촉수 하나는 원통을 붙잡고 있었으며, 또 하나는 허공을 휘저었다.

그러다 갑자기 괴물이 사라져 버렸다. 원통형 물체에서 미처 다 빠져나오지 못한 상태에서 마치 거대한 가죽 덩어리가 떨어지듯 쿵 하는 소리를 내며 구덩이 속으로 떨어진 것이었다. 그때 나는 괴물이 내는 기이한 소리를 들었다. 곧이어 또 다른 생명체가 원통형 물체의 침침한 입구에 모습을 드러냈다.

나는 황급히 돌아서서 가까운 숲으로 냅다 달렸다. 백 미터쯤 떨어진 곳이었다. 달리면서 몇 번이나 넘어졌다. 그 괴물들에게서 도저히 눈을 뗄 수가 없어 자꾸 뒤를 돌아보았기 때문이다.

벌판에 남은 사람들은 이제 몇몇 무리뿐이었다. 다들 잔뜩 겁에 질렸으면서도 호기심을 떨치지 못하고 구덩이 쪽을 바라보았다.

둥근 물체 하나가 구덩이 속에서 오르락내리락 하는 것이 보였다. 아까 구덩이에 빠진 청년의 머리였다. 어깨와 무릎이 위로 올라오는가 싶더니 다시 내려가 머리 부분만 보였다. 그러다 완전히 사라져 버렸다. 그와 동시에 희미한 외침이 들렸다. 나는 달려가서 도와주고 싶은 마음은 굴뚝같았지만 너무나 무서워서 엄두가 나지 않았다.

어둠이 내려앉을 때까지는 아무 일도 일어나지 않았다. 사람들이 구덩이 쪽으로 다시 모여들기 시작했다. 구덩이에서는 별다른 움직임이 없었다. 그러자 용기가 생겼는지 사람들이 주춤주춤 움직이기 시작했다. 둘씩 셋씩 무리를 지어 구덩이로 조금씩 가까이 다가갔다.

그때 호셀 쪽에서 오는 몇몇 사람들의 그림자가 보였다. 앞장선 사람이 흰 깃발을 흔들고 있었다. 오길비 박사와 스텐트, 헨더슨이 맨 앞에 있었는데, 그들은 화성인과 대화를 시도하려는 일종의 사절단이었다. 그들이 앞으로 나아가자 사람들이 그 뒤를 따르기 시작했다.

그 순간 빛이 번쩍 하더니 구덩이에서 밝은 초록색 연기가 솟아올랐다. 연기는 세 번에 걸쳐 고요한 대기 속으로 올라갔다.

이 연기가—아니 불길이라고 해야 옳을 것이다.—너무 환한 나머지 머리 위 짙푸른 하늘이 더 어두워 보일 지경이었다. 연기가 올라갈 때 희미한 소리도 함께 들렸다. 그 소리는 곧 크게 윙윙거리는 소음으로 바뀌더니 길게 이어졌다.

이윽고 구덩이에서 검은 형체 하나가 올라왔다. 그 형체에서 한 줄기 빛이 뿜어져 나오는 것 같았다. 순간 앞장섰던 사람들의 몸에서 번쩍 하고 밝은 불길이 일었다. 나는 화성인이 무언가 정체를 알 수 없는 광선을 발사한다는 걸 알아차렸다. 죽음의 광선이었다! 앞선 사람들이 불에 타 쓰러지자 뒤따르던 사람들은 서둘러 돌아서 달아나기 시작했다.

나무들이 광선에 맞아 불이 붙고 덤불숲이 불길에 휩싸였다. 저 멀리 서쪽에 선 나무들과 덤불, 심지어 목조 건물들에도 불길이 일었다.

보이지 않는 열기의 칼날이 빠르게 사방으로 번졌다. 그것은 이제 내게 바싹 다가왔다. 내 주변의 덤불이 광선에 맞아 불타올랐다. 구덩이 주위에 난 둥그런 선을 따라 검은 땅에서 연기가 피어올랐다. 잠시 후 윙윙거리는 소리가 그치더니 둥근 물체는 서서히 구덩이 속으로 내려가 모습을 감추었다.

모든 게 눈 깜짝할 사이에 벌어졌다. 나는 얼이 빠진 채 꼼짝하지 못하고 제자리에 서 있었다. 그 죽음의 광선이 완전히 한 바퀴를 돌면서 발사되었다면 나도 죽고 말았을 것이다.

광선이 사라진 밤은 갑자기 깜깜하고 낯설었다. 그곳에 나 말고는 아무도 없었다. 머리 위로 별들이 모습을 드러냈고, 서쪽 하늘은 아직 희미하게 빛이 남아 청록색을 띠었다. 나무 꼭대기와 호셀의 건물 지붕들이 서쪽 하늘을 등지고서 삐죽삐죽 솟아 있었다. 워킹 역에서는 적막한 대기 속으로 불길이 계속 널름거렸다.

나는 어두운 벌판에 아무 대책도 없이 덩그러니 남아 있었다. 그 사실을 깨닫는 순간, 엄청난 공포가 밀려왔다. 가까스로 몸을 돌려 풀밭 사이를 비틀거리며 달렸다. 화성인뿐만 아니라 나를 에워싼 어둠과 적막이 견딜 수 없이 무서웠다. 나는 어린애처럼 울면서 내달렸다. 구덩이를 등지고 난 뒤로는 도저히 뒤를 돌아볼 수가 없었다.

제 4 장
다가오는 죽음의 그림자

    한참을 달리고 나자 힘이 다 빠져서 나는 그만 길가에 고꾸라지고 말았다. 가스 공장 옆에 있는 다리 근처였다. 한동안 그 자리에 죽은 듯이 누워 있었다.
    이윽고 일어나 앉았으나 머릿속은 뒤죽박죽이었다. 어떻게 거기까지 오게 되었는지 기억이 잘 나지 않았다. 공포감은 어느새 사라지고 없었다. 조금 전까지만 해도 온통 세 가지 생각뿐이었다. 밤과 우주와 자연이 끝없이 크고 넓다는 것, 나는 연약하고 불행한 존재라는 것, 그리고 죽음이 눈앞에 닥쳐왔다는 것이었다.
    나는 다시 정상적인 나로, 평범한 시민으로 돌아왔다. 적막한 벌판과, 그곳에서의 탈출과, 타오르던 불길은 모두 꿈속에서 벌어진 일 같기만 했다. 믿을 수 없었다.

나는 비틀거리며 가파른 길을 걸어 올라 다리가 있는 곳까지 갔다. 몸 안의 힘이 다 빠져 버린 것 같았다. 조금 뒤에 통을 든 남자가 나타났고 그 옆에 꼬마가 따라왔다. 그는 내 곁을 지나치며 인사를 건넸다. 나는 그에게 뭔가 말을 붙일까 했지만 말이 나오지 않았다. 간신히 인사만 건네고는 다리를 건넜다.

두 남자와 한 여자가 어느 집 담장 앞에서 이야기를 나누고 있었다. 나는 걸음을 멈추었다.

"벌판에서 온 소식이 있나요?"

내가 물었다.

"뭐라고요?"

한 남자가 몸을 돌리며 말했다.

"벌판에서 온 소식이 있냐고요."

"아니, 당신이 거기서 오지 않았소?"

남자가 물었다.

"사람들이 벌판 일을 두고 황당한 얘기를 하는 것 같아요. 대체 왜 법석이에요?"

여자가 담장 너머로 고개를 내밀고는 말했다.

"화성인 얘기 못 들으셨어요? 화성에서 온 생물체 말이에요."

내가 말했다.

"아이고, 또 그 얘기, 이젠 됐네요."
여자의 말이 끝나기가 무섭게 세 사람 모두 웃음을 터뜨렸다. 나는 바보 취급을 당하는 것 같아 화가 났다. 내가 본 것을 말해 주려고 했지만 말이 잘 나오지 않았다. 내가 말까지 더듬자 그들은 다시 웃음보를 터뜨렸다.
"이제 곧 엄청난 얘기를 듣게 될 거요."
나는 그렇게 말하고는 집으로 향했다.

아내는 내 몰골을 보고 깜짝 놀랐다. 나는 식탁 앞에 앉아 아내에게 내가 보고 겪은 일을 전부 들려주었다.
"한 가지 다행인 것은,"
나는 되살아나는 공포를 가라앉히려고 애쓰면서 말했다.
"그것들이 기어 다니는 데다가 아주 뚱뚱하고 느리다는 거요. 구덩이 속에서 기다리고 있다가 가까이 다가오는 사람만 죽일지도 몰라요. 구덩이 밖으로는 나오지 못하니까. 그렇긴 해도 정말 끔찍한 놈들이오!"
"여보, 제발 그만!"
아내는 이맛살을 찌푸리며 내 손을 잡았다.
"불쌍한 오길비 박사⋯⋯ 아마 그 자리에서 죽었을 거야."
내가 중얼거렸다.
아내는 적어도 내 이야기를 믿어 주었다. 아내의 얼굴은 창백하게 질렸다. 나는 아내를 안심시키고 나 자신의 불안도 덜 겸, 화성인들은 지구에서 살 수 없다는 학자들의 말을 자세히 해 주었다. 특히 중력을 견뎌 낼 수 없다는 사실을 강조했다.

지구 표면의 중력은 화성의 세 배나 된다. 따라서 화성인의 몸무게는 지구에서 세 배로 는다. 힘이 같다고 하더라도 몸무게가 엄청나게 무거워지는 것이다. 그렇기 때문에 화성인은 지구를 정복할 수 없다는 것이 일반적인 생각이다. 아닌 게 아니라 그다음 날 두 신문이 이런 내용의 기사를 자신 있게 내보냈다. 하지만 두 신문은 내가 그러했던 것처럼, 이 이론이 가진 두 가지 문제점을 보지 못했다.

지구의 대기에는 화성보다 산소가 훨씬 많다. 바로 이 점이 화성인에게는 아주 유리하게 작용한다. 게다가 화성인은 매우 뛰어난 장비를 갖추고 있어서 신체를 그다지 많이 움직일 필요가 없다.

그 당시에 나는 이런 부분까지는 미처 생각지 못했다. 그래서 화성인이 지구를 위협할 가능성은 거의 없다고 단정했던 것이다. 포도주를 곁들여 식사를 하면서 그런 식으로 아내를 안심시키다 보니 나도 모르게 조금씩 용기가 났다.

"그놈들은 멍청한 짓을 했소."

나는 포도주 잔을 만지며 말했다.

"분명히 그놈들도 충격을 받아 떨고 있을 거요. 지구에서 이렇게 지능이 발달한 생명체를 발견하리라고 상상도 못했을 테니까. 만약 최악의 사태가 벌어진다면 구덩이에 대포를 쏘아 죽이면 돼요."

짧은 시간 동안 엄청난 일들을 겪어서인지, 나는 신경이 온통 곤두서 있었다. 지금도 그날 저녁 식사 자리가 눈에 선하다. 분홍빛 등갓 아래서 근심 어린 얼굴로 나를 바라보던 아내, 그릇과 잔이 놓인 흰 식탁보, 내가 들고 있던 붉은 포도주가 담긴 잔이 뚜렷이 떠오른다. 그 저녁 식사가 한동안 식사다운 식사로서는 마지막이란 걸 그때는 상상도 하지 못했다. 괴이하고 끔찍한 나날이 기다리고 있으리라는 걸 내가 어찌 알 수 있었겠는가.

문제의 금요일 밤, 호셀의 구덩이에서 반경 팔 킬로미터 이상 떨어진 곳에 사는 사람들 가운데 아마 그 누구도 새로운 생명체가 나타났다고 해서 감정이나 습관이 달라지지는 않았을 것이다. 화성인을 직접 본 사람들이나 죽은 사람들과 관련 있는 이들을 빼고는 말이다. 많은 사람들이 원통형 우주선에 관한 말을 듣고 그것에 대해 이야기를 했다. 하지만 그것은 정치적인 현안만큼 커다란 반향을 일으키지는 못했다.

심지어 그보다 가까이에 사는 사람들도 별로 동요하지 않았다. 내가 집에 오는 길에 이야기를 나눈 세 사람처럼 말이다.

그 지역 사람들은 다른 날과 다름없이 저녁 식사를 했다. 남자들은 식사를 한 뒤에 정원을 손보았고 아이들은 잠자리에 들었으며 젊은이들은 어울려 돌아다녔다. 물론 그 사건을 알고는 있었다. 그것이 이야깃거리가 되기도 했을 것이고, 어떤 자리에서는 흥분을 불러일으키기도 했을 것이다. 그러나 그뿐, 대부분의 시간에는 오랜 세월 동안 그랬듯이 변함없는 일상이 되풀이되었다.

사람들은 벌판을 다녀갔다. 하지만 늘 몇몇은 그곳에 남아 있었다. 모험심이 많은 한두 사람이 화성인에게 바짝 다가갔다. 그들은 살아 돌아오지 못했다. 이따금 빛이 번쩍인 다음 열 광선이 벌판을 휩쓸어 버렸기 때문이다. 밤새도록 망치질하는 소리가 들려왔다. 화성인들이 기계를 손보느라고 내는 소리였다.

열한 시경에는 군인들이 벌판으로 몰려와 구덩이를 둥글게 에워쌌다. 장교 몇 명은 이미 낮에 벌판을 다녀갔는데, 그 가운데 한 명이 실종된 것으로 보고되었다. 자정 무렵에는 장교 한 명이 더 와서 사람들에게 이것저것 물어보았다. 군에서는 이 사태를 심각하게 받아들인 것이 분명했다.

자정이 막 지났을 때 처트시 도로와 워킹에 있던 사람들은 별 하나가 북서쪽 숲으로 떨어지는 것을 보았다. 바로 두 번째 원통 우주선이었다.

토요일에는 하루 종일 걱정을 떨치지 못했다. 나는 잠을 설친 뒤 아침 일찍 일어났다. 정원에 나가 귀를 기울여 보았다. 벌판

쪽에서는 종달새 울음만 들릴 뿐, 아무런 움직임도 없는 것 같았다.

여느 때와 같은 시각에 우유 배달부가 왔다. 나는 무슨 소식이 없는지 물어보았다. 그는 밤새 군인들이 화성인을 포위했고 벌판에서 곧 전투가 벌어질 것이라고 말했다.

"될 수 있으면 화성인들을 죽이지 말아야죠."

그가 말했다.

아침 식사를 하고 나서 나는 벌판 쪽에 가 보기로 했다. 철교 아래에 군인들이 모여 있었다. 공병인 것 같았다. 모두들 작고 둥근 모자를 쓰고 있었고, 흙투성이가 된 붉은색 윗도리에 짙은 색 바지와 긴 군화 차림이었다. 그들은 다리를 건너는 것이 금지되었다고 말했다.

나는 한동안 군인들과 이야기를 나누었다. 전날 밤에 목격한 화성인에 대해서도 말해 주었다. 그들은 아직 화성인을 보지 못했기 때문에 나에게 많은 것을 물어보았다. 공병은 대개 일반 병사보다 교육 수준이 높았다. 그들은 앞으로 어떤 식으로 대응해야 할지를 놓고 격렬한 논쟁을 벌였다.

그날 신문들의 기사는 내가 아는 것과 별로 다르지 않았다. 스텐트, 헨더슨, 오길비 박사, 그리고 몇몇 사람들의 죽음에 대해서는 제대로 다루지도 않았다.

두 시쯤에 점심을 먹으러 집에 왔을 때는 맥이 빠지고 몸이 축 늘어졌다. 날씨가 몹시 덥고 우중충했기 때문이었던 듯하다. 나는 기분이 좀 나아질까 해서 차가운 물로 목욕을 하였다.

화성인들은 모습을 드러내지 않았다. 구덩이 속에서만 분주하게 움직이는 것 같았다. 망치질 소리가 계속 나면서 연기가 피어올랐다.

신호를 보내려는 시도가 여러 차례 이루어졌으나 성공을 거두지 못했다.

석간 신문들은 이렇게 썼다. 한 공병이 들려준 이야기에 따르면, 어떤 남자가 장대 끝에 깃발을 매달고 화성인이 있는 곳으로 기어가 신호를 보냈다. 하지만 화성인은 아무런 관심을 보이지 않았다고 한다.

세 시경에 처트시 방향에서 일정한 간격을 두고 요란한 총성이 들려왔다. 군인들이 두 번째 원통 우주선이 떨어진 숲을 공격한 것으로, 우주선이 열리기 전에 폭파하기 위해서였다. 다섯 시쯤에는 첫 번째 우주선을 공격하기 위한 야전포가 초브엄에 도착했다.

저녁 여섯 시, 아내와 정원에 앉아 차를 마시고 있을 때였다. 벌판에서 총소리와 폭발 소리가 들렸다. 뒤이어 아주 가까운 곳에서 꽝 하는 요란한 소리가 나면서 땅이 뒤흔들렸다.

나는 풀밭으로 급히 달려가 보았다. 오리엔탈 대학 주변에 있는 나무들의 꼭대기가 붉은 화염에 휩싸이면서 연기를 뿜어 댔다. 그 옆에 있는 자그마한 교회의 종탑은 와르르 무너져 내렸다. 대학 건물의 지붕은 산산이 부서졌다. 우리 집 굴뚝 가운데 하나에도 금이 가더니 벽돌 조각들이 서재 창문 옆 꽃밭으로 떨어져 쌓였다.

아내와 나는 놀라서 멍하니 서 있었다. 그러다가 곧 나는 깨달았다. 이제 대학 건물이 무너져 내려 장애물이 사라졌으므로 화성인의 열 광선은 메이베리 언덕 꼭대기도 맞힐 수 있다는 사실을 말이다.

자세한 내용을 설명할 겨를이 없었다. 나는 아내의 팔을 잡고 도로로 뛰어나갔다. 아내를 도로에 세워 두고는 다시 집으로 달려가서 하녀를 데리고 나왔다.

"여기에 있어선 안 되겠소."

내가 이렇게 말하는 순간 벌판에서 총격전이 다시 벌어졌다.

"하지만 갈 데가 있나요?"

아내가 공포에 질린 얼굴로 물어보았다. 너무 당황해서인지 아무 생각도 나지 않았다. 그러다 문득 사촌이 살고 있는 레더헤드가 떠올랐다.

"레더헤드로 갑시다!"

그때 갑자기 소음이 들려 나는 큰 소리로 외쳤다. 아내는 고개를 돌려 언덕 아래쪽을 바라보았다. 사람들이 놀라 집에서 뛰쳐나오고 있었다.

"거기까지는 또 어떻게 가요?"

아내가 물었다.

군인 다섯 사람이 철교 아래로 황급히 지나가고 있었다. 그 가운데 세 명은 오리엔탈 대학의 정문으로 들어가고, 나머지 두 명은 이 집 저 집 돌아다니면서 사람들을 대피시키고 있었다. 나무 꼭대기에서 피어오르는 연기 사이로 태양이 핏빛으로 빛나더니 모든 것을 섬뜩한 붉은빛으로 물들였다.

"여기서 기다려요. 여긴 안전할 거요."

나는 아내에게 말하고는 얼른 술집으로 달려갔다. 술집 주인에게 말과 마차가 있다는 것을 알고 있었다. 이 언덕에 사는 사람들은 빠른 시간 안에 대피해야 한다는 걸 깨달았기 때문에 서두를 수밖에 없었다.

술집 주인은 집 밖에서 무슨 일이 벌어지고 있는지 몰랐다. 나는 그에게 마차가 필요한 이유를 급히 설명한 다음, 자정 전에 돌려주기로 하고 말과 마차를 빌렸다. 그때만 해도 술집 주인까지 당장 집을 버리고 떠나야 할 만큼 사태가 긴박해 보이지는 않았다.

나는 마차를 몰아 길 아래로 갔다. 아내와 하녀에게 마차를 맡겨 놓고는 집 안으로 뛰어 들어가 귀중품 몇 가지를 챙겨 나왔다. 그 사이에 군인 한 사람이 급히 지나갔다. 그는 집집마다 돌아다니면서 사람들에게 대피하라고 알렸다.

"무슨 소식 없습니까?"

내가 그에게 소리쳤다.

"둥그런 물체의 뚜껑 같은 데에서 이상한 놈이 기어 나왔어요!"

그는 이렇게 외치고는 곧장 옆집으로 달려갔다.

나는 하녀를 마차 뒷자리에 태우고는 마부석에 뛰어올랐다. 아내는 내 옆에 앉았다. 순식간에 우리는 연기와 소음을 벗어나 메이베리 언덕의 반대편 비탈길을 달려 내려갔다.

제 5 장
폭풍우를 뚫고

레더헤드는 메이베리에서 이십 킬로미터가량 떨어진 곳에 있었다. 우리는 아홉 시 무렵 레더헤드에 무사히 도착했다. 사촌의 집에 가서 사촌들과 저녁 식사를 했다. 그동안 말도 한 시간쯤 쉴 수 있었다. 나는 다시 메이베리로 떠나기 전에 사촌들에게 아내를 돌봐 달라고 당부했다.

아내는 마차를 타고 오는 동안 이상하리만큼 말이 없었다. 얼굴에 근심이 가득했다. 내가 술집 주인과 약속만 하지 않았더라면 아내는 분명히 나더러 그날 밤 레더헤드를 떠나지 말라고 했을 것이다. 내가 마차를 타고 떠날 때, 아내는 얼굴이 하얗게 질려 있었다.

사실 나는 아내와 달리 하루 종일 흥분해 있었다. 메이베리로 돌아가야 한다는 사실도 전혀 마음에 걸리지 않았다. 걱정이 되었던 부분은 오히려 따로 있었다. 내가 들었던 마지막 총소리가 화성인들을 맞힌 것이 아니었을까 하는 점이었다. 그 죽음의 현장을 직접 확인하고 싶었다.

거의 밤 열한 시가 되어서야 나는 돌아갈 준비를 마쳤다. 그날 밤은 유난히 어두웠다. 밤인데도 한낮처럼 후텁지근했다. 비를 머금은 구름에는 검붉은 연기 덩어리가 섞여 있었다. 머리 위로 구름들이 빠르게 지나갔다. 그런데 이상하게도 주변의 덤불숲에서는 바람 한 점 이는 기색이 없었다.

자정을 알리는 교회 종소리가 울리자 나는 메이베리 언덕을 바라보았다. 나무 꼭대기와 지붕들의 윤곽이 붉은 하늘을 배경으로 삐죽삐죽 솟아 있었다.

그때였다. 갑자기 초록 광선이 번쩍하면서 멀리 북쪽에 떨어진 숲의 모습을 환하게 드러냈다. 그와 함께 초록빛 불덩이 하나가 구름을 뚫고 왼쪽 들판에 떨어졌다. 세 번째 우주선이었다!

불덩이가 들판에 떨어지자마자 번쩍하고 번개가 치고 머리 위에서 우르릉 쾅쾅 하는 천둥소리가 났다. 말이 놀라 미친 듯이 날뛰었다.

나는 메이베리 언덕에서 기슭 쪽으로 난 완만한 내리막길을 따라 내려갔다. 번개는 한 번 치기 시작하자 쉴 새 없이 내리쳤다. 그렇게 짧은 간격으로 치는 번개는 본 적이 없었다. 천둥소리도 내내 이어졌다. 번쩍이는 빛 때문에 앞이 보이지 않아 갈피를 잡을 수 없었다. 우박이 거센 바람에 실려 와 얼굴을 마구 때렸다.

그때 무언가가 눈길을 끌었다. 처음에는 비에 젖은 지붕이려니 했다. 그런데 번갯불 사이로 드러난 모습을 보니 언덕 아래로 빠르게 내려가고 있었다. 때마침 번개가 가까운 곳에 떨어지면서 주변이 대낮같이 환해지자 이 낯선 물체가 똑똑히 보였다.

그 생김새를 어떻게 설명해야 좋을까? 거대한 삼각대라고나 할까? 다리가 셋 달린, 몇 층짜리 집보다 더 큰 괴물이 어린 나무들 위로 성큼성큼 걸어가고 있었다. 마치 빛나는 금속 엔진이 걷는 것 같았다. 이 괴물이 지나칠 때마다 그 자리에 있던 나무들이 짓밟혀 넘어졌다.

갑자기 내 앞에 있던 나무들이 한쪽으로 쓰러지면서 거대한 세 다리 괴물이 또 하나 나타났다. 그것은 마치 나를 향해 달려오는 것처럼 보였다. 아마 내가 그쪽으로 급히 말을 몰고 있어서 그렇게 보였을 것이다.

나는 바싹 긴장해서 말 머리를 오른쪽으로 휙 돌렸다. 그 순간 마차가 뒤집히면서 말을 덮쳤고, 나는 옆으로 튕겨 나가 웅덩이로 철퍼덕 떨어졌다.

나는 얼른 물에서 기어 나와 덤불 아래에 웅크렸다. 발은 물에 잠긴 채였다. 말은 꼼짝 않고 쓰러져 있었다. 불쌍하게도 목이 부러진 모양이었다. 마차는 뒤집혔으나 바퀴는 아직도 천천히 돌아가고 있었다. 그때, 거대한 괴물이 내 곁을 성큼성큼 걸어서 지나 언덕길로 올라갔다.

가까이서 본 괴물은 기괴하기 짝이 없었다. 몸체에 달린 기다랗고 반짝거리는 촉수가 움직일 때마다 흔들리며 덜컹거렸다. 금속으로 된 머리 부분은 마치 주변을 살피듯 사방으로 움직였다. 몸체 뒤에 달린 희고 거대한 금속 상자는 어부들이 쓰는 큰 광주리 같았다. 괴물이 내 옆을 지나갈 때 다리 마디에서 녹색 연기가 피어올랐다. 놈은 귀가 먹먹할 정도로 크고 괴이한 소리를 냈다. 그러다 괴물은 순식간에 사라졌다.

얼마 지나지 않아 괴물은 다른 괴물을 만나 들판에 있는 무언가를 내려다보고 있었다. 놈들이 보고 있는 것은 화성인이 지구로 쏘아 보낸 세 번째 원통 우주선이었을 것이다.

나는 흠뻑 젖은 채 어둠 속에서 괴물들을 바라보고 있다가 겨우 몸을 추스린 다음, 괴물들에게 들키지 않으려고 몸을 낮추고 메이베리 근처의 숲으로 기어 들어갔다. 그러고는 부들부들 떨면서 집을 향해 걸어갔다.

그때 목격한 것들이 무엇을 뜻하는지 깨달았더라면 곧장 아내가 있는 레더헤드로 돌아갔을 것이다. 하지만 모든 것이 뒤죽

박죽이었고 몸은 기진맥진한 상태였다. 게다가 번개와 폭풍우 때문에 잘 들리지도, 보이지도 않았다. 이성적으로 판단할 만한 상황이 아니었던 것이다.

나는 세찬 비바람을 거슬러 힘겹게 언덕을 올랐다. 꼭대기에 거의 다 왔을 때 물컹한 것이 발에 걸렸다. 번갯불이 번쩍 할 때 보니 사람의 시체였다. 고개가 뒤로 완전히 꺾이고 몸뚱이는 뒤틀린 채 울타리 옆에 쓰러진 모습을 보니, 무언가에 의해 울타리 위에 세차게 내동댕이쳐진 듯했다. 시체를 만져 본 적은 한 번도 없었지만, 나는 용기를 내어 시체를 똑바로 눕히고 가슴께에 손을 대 보았다. 죽은 것이 분명했다. 죽은 사내는 목이 부러진 것 같았다. 번갯불이 다시 번쩍일 때 그 얼굴을 본 나는 질겁하고 자리에서 일어났다. 그는 내게 말과 마차를 빌려 준 술집 주인이었다.

나는 조심스레 그의 몸뚱이를 넘어 언덕으로 올라갔다. 메이베리 다리 쪽에서 사람들이 웅성거리는 소리와 발소리가 들렸다. 하지만 그들을 소리쳐 부르거나 다가갈 용기는 나지 않았다.

곧 집에 도착한 나는 안으로 들어가서 문을 걸어 잠갔다. 그런 다음 비틀거리며 계단으로 걸어가 털썩 주저앉았다. 걸어 다니는 금속 괴물과 울타리에 나뒹구는 시체가 머릿속을 떠나지 않고 아른거렸다.

한참 뒤에야 나는 몸과 마음을 가다듬을 수 있었다. 부엌으로 가서 목을 조금 축인 뒤 옷을 갈아입었다. 그러고는 이층에 있는 서재로 올라갔다. 창문 밖으로 나무들과 호셀 벌판으로 뻗은 철로가 보였다. 서둘러 떠나느라 닫지 못한 창문이 열린 채 그대로 있었다. 바깥과는 달리 서재 안은 칠흑같이 어두웠다. 나는 문가에 멈추어 섰다.

 어느덧 폭풍우는 가라앉았다. 오리엔탈 대학의 높은 건물과 주변의 나무들은 모두 사라졌다. 저 멀리 너울거리는 붉은 불길이 들판을 환히 밝혀 주었다. 불길 앞으로 거대한 검은 형상들이 앞뒤로 바삐 움직이고 있었다.

 나는 조용히 문을 닫고 창문으로 다가갔다. 한쪽으로는 워킹 역 부근의 집들이, 다른 쪽으로는 불타오르는 바이플리트의 숲이 보였다. 철로에는 부서진 기차들이 불길에 휩싸인 채 서 있었다.

 나는 책상 의자를 창문 쪽으로 돌려 놓고 앉아, 벌판에서 움직이는 세 개의 거대한 검은 물체를 유심히 바라보았다. 그것들은 아주 분주해 보였다. 저것들이 대체 무엇이란 말인가? 지능을 지닌 기계들일까? 절대로 그럴 리는 없었다. 아니면 화성인이 기계 안에 들어앉아, 사람의 두뇌가 몸을 조종하듯 기계를 조종하고 있단 말인가?

 얼마 후 폭풍우가 물러가고 하늘이 맑게 갰다. 불타는 땅에서 피어오르는 연기 위로 자그맣게 반짝이던 화성이 서녘으로 기울고 있었다. 그때 우리 집 정원으로 군인 한 사람이 살그머니 들어오는 모습이 보였다. 나는 일어서서 창문 밖으로 몸을 내밀었다.

"쉿!"

내가 나지막이 소리를 냈다. 그는 멈칫하더니 집 쪽으로 걸어왔다.

"거기 누구시오?"

그가 숨을 죽이며 말했다.

"숨을 곳을 찾는 겁니까?"

내가 물었다.

"그렇습니다."

"이리 들어오세요."

나는 아래층으로 내려가서 문을 열고 그 사람을 맞아들였다. 사방이 깜깜하여 얼굴은 보이지 않았다. 그는 모자도 쓰지 않은 데다 웃옷의 단추도 다 풀어져 있었다.

"어떻게 된 겁니까?"

내가 물었다.

"우린 상대가 안 되었습니다. 도저히 상대가 안 되었어요."

그는 나를 따라 부엌으로 들어왔다. 그에게 술 한 잔을 따라 권했다. 그는 단숨에 술을 들이켰다. 그러더니 갑자기 식탁 앞에 털썩 주저앉아 두 팔에 고개를 파묻고는 어린애처럼 엉엉 울었다. 한참을 울고 나서야 내가 묻는 말에 더듬더듬 대답을 하기 시작하였다.

그는 포병 부대에 소속된 군인이었다. 그 부대의 군인들은 호셀 벌판 근처에서 구덩이를 향해 대포를 쏠 준비를 하고 있었다. 그러던 중에 갑자기 세 다리 괴물이 나타났다. 다급해진 병사들이 우왕좌왕하는 사이 주변의 탄약들이 터지는 바람에 그만 대포가 폭발하고 말았다.

가까스로 정신을 차려 보니 그는 불에 타 죽은 병사들과 말들 아래 깔려 있었다. 말에서 추락한 그는 등이 몹시 아파 한참 동안 그 자리에 그대로 누워 있을 수밖에 없었다. 그런 상태로 그는 벌판 쪽을 훔쳐보았다.

얼마 뒤, 보병대가 세 다리 괴물을 향해 돌격했다. 보병대는 순식간에 비탈 아래에 이르렀다. 그러자 벌판 위의 세 다리 괴물이 느릿느릿 그들을 향해 다가왔다. 괴물은 팔같이 생긴 촉수에 복잡하게 생긴 금속 상자를 들고 있었다. 거기에서 열 광선이 뻗어 나와, 움직이는 사람은 죄다 그 열 광선에 맞아 죽고 말았다. 괴물은 돌아서서 두 번째 우주선이 있는 소나무 숲으로 성큼성큼 걸어갔다.

이윽고 두 번째 괴물이 구덩이 속에서 나왔다. 두 번째 놈은 첫 번째 놈의 뒤를 따라갔다. 그제야 그는 간신히 몸을 움직일 수 있었다. 그는 조심스레 기어서 호셀로 향했고, 호셀에 이르러서는 도랑으로 숨어들어 마침내 워킹까지 갈 수 있었다.

워킹에는 살아 있는 사람들이 좀 있었다. 대부분 공포에 떨고 있었고, 화상을 입은 사람들이 꽤 많았다. 화성인의 세 다리 괴물이 돌아왔을 때 그는 무너진 담벼락 뒤에 숨어 있었다. 이 괴물은 한 남자를 뒤따라가서 강철 팔로 낚아챈 뒤 그의 머리를 나무에 짓이겨 버렸다.

날이 어두워지자 그는 죽을힘을 다해 달려서 마침내 기찻길을 건넜다. 런던 쪽으로 가면 안전할 거라고 생각하고 메이베리로 들어온 것이었다.

이것이 내가 그에게서 토막토막 들은 이야기이다. 이야기를 하는 동안에 그는 점차 안정을 찾았다. 정오 이후로는 아무것도 먹지 못했다고 했다. 나는 고기와 빵을 찾아서 가져왔다.

우리가 이야기를 주고받는 사이에 바깥이 차츰 밝아 왔다. 나는 흙투성이에다 초췌하기 그지없는 그의 얼굴을 보았다. 내 얼굴도 마찬가지였을 것이다.

음식을 먹은 뒤 우리는 살며시 서재로 올라가 밖을 조심스럽게 내다보았다. 울창했던 초록빛 계곡은 하룻밤 사이에 검은 재의 계곡으로 변해 있었다. 부서지거나 불탄 집들, 새까맣게 그을린 나무들이 차가운 새벽 빛에 흉측한 모습을 드러냈다. 지금까지 그 어떤 전쟁에서도 이처럼 모든 것이 깡그리 파괴된 적은 없었을 것이다.

이윽고 아침 햇살 속에 세 다리 괴물 셋이 몸체를 번쩍이며 모습을 드러냈다. 그들은 이리저리 고개를 돌리면서 자신들이 벌인 파괴의 흔적을 둘러보았다.

제 6 장
파괴의 소용돌이 속에서

　날이 더 밝자 우리는 조용히 아래층으로 내려왔다. 우리 집이 숨어 있기에 적당하지 않다는 생각이 들어서였다. 그 역시 내 생각에 동의했다. 그는 런던으로 가서 자기 부대에 합류하겠다고 했다. 나는 곧장 레더헤드로 돌아갈 작정이었다. 화성인의 위력에 충격을 받은 나로서는 아내와 함께 남쪽 바닷가로 가서 당장이라도 이 나라를 떠나고 싶은 심정이었다. 화성인을 죄다 없애지 않는 한 머지않아 런던도 재앙에 휘말릴 것이라는 예감이 들었다.
　하지만 메이베리와 레더헤드 사이에는 세 번째 원통 우주선이 있었다. 나 혼자였다면 위험을 무릅쓰고 벌판을 가로질러 가는 길을 택했을 것이다. 하지만 포병이 나를 말렸다.

"그 길로 가다가 죽으면 부인은 어떻게 되겠습니까?"

결국 그와 함께 숲으로 숨어들어 북쪽으로 가기로 하였다. 그런 다음 나 혼자 옆길로 빠져 레더헤드까지 갈 생각이었다.

나는 당장 출발하려 했다. 하지만 참전 경험이 있는 포병은 나보다 생각이 깊었다. 그는 집 안의 음식과 음료수를 가지고 갈 수 있을 만큼 다 찾아오라고 하였다. 우리는 주머니란 주머니에 그것들을 넣을 수 있을 만큼 쑤셔 넣었다. 그러고는 집을 나와서 있는 힘을 다해 좁은 길을 따라 달렸다.

길가의 집들은 죄다 텅 비어 있는 듯했다. 길에는 열 광선에 맞아 불에 타 죽은 시체 세 구가 흩어져 있었다. 사실 메이베리 언덕에서 살아 움직이는 사람은 우리밖에 없었다.

얼마 후 언덕 기슭의 숲에 도착했다. 이 숲을 지나 도로까지 나아가야 했다. 숲 속을 달려가는데 말발굽 소리가 들렸다. 나무들 사이로 말을 탄 군인 셋이 워킹 쪽으로 가는 모습이 보였다. 우리는 그들을 소리쳐 부르며 급히 그쪽으로 달려갔다. 장교 한 명과 경비병 둘이 멈춰 서서 우리를 기다렸다.

"오늘 아침에 이 길로 오면서 처음 만나는 사람들이군요. 대체 무슨 일이 일어난 겁니까?"

장교가 물었다. 포병이 장교 앞으로 다가가서 말했다.

"저희 부대의 대포가 어젯밤에 다 파괴되었습니다. 그동안 피

신해 있다가 부대에 합류하려고 가는 중입니다. 이 길 전방 팔백 미터 지점에서 화성인의 전투 기계를 보실 수 있을 겁니다."

"그놈들은 어떻게 생겼나?"

장교가 물었다.

"기계로 된 엄청난 거인들 같습니다. 키가 삼십 미터쯤 됩니다. 다리가 세 개이고, 번쩍거리는 몸통에 커다란 머리가 달려 있습니다."

"그게 말이 되나?"

장교가 고함을 쳤다.

"금방 아시게 될 겁니다. 큰 상자를 가지고 다니면서 그것으로 열 광선을 쏘아 사람들을 죽입니다."

"아니, 총을 쏜단 말인가?"

"아닙니다."

군인은 열 광선에 대해 설명하기 시작했다. 장교는 괴물들과 열 광선에 대한 설명을 듣다가 그의 말을 끊더니 내 쪽을 쳐다보았다.

"이 사람 말이 맞습니까?"

그가 물었다.

"전부 사실입니다."

내가 대답했다.

"그렇다면,"

그가 말했다.

"가서 그놈들을 확인해야겠군. 여보게."

그가 포병에게 말했다.

"곧장 웨이브리지로 가서 사령관께 보고를 드리게."

장교는 내게 고맙다고 말하고는 말을 몰고 떠났다.

우리는 바이플리트 역에 거의 다 온 뒤에야 숲에서 빠져나왔다. 시골 마을은 아침 햇살 속에서 조용하고 평화로워 보였다. 여느 일요일과 다름없었다. 다른 점이 있다면 비어 있는 집들이 많고 그 밖의 집에서는 사람들이 열심히 짐을 꾸리고 있다는 것뿐이었다.

하지만 바이플리트는 시장통처럼 소란스러웠다. 군인들이 큰길에서 피난 가는 사람들이 마차에 짐을 실을 수 있도록 돕고 있었다. 하지만 사태가 얼마나 심각한지를 깨닫지 못하는 사람들이 많았다.

어떤 노인이 커다란 상자 하나와 꽃이 담긴 화분을 잔뜩 가지고 가려다가, 그걸 놔두고 빨리 떠나라는 군인과 언성을 높이며 다투고 있었다.

"지금 저쪽에서 무슨 난리가 났는지 아세요?"

나는 화성인들이 숨어 있는 숲을 가리키며 노인에게 말했다.

"뭐라고요?"

노인이 되물었다. 그러고는 덧붙였다.

"아니, 난 그저 이게 얼마나 비싼 건지 설명하고 있었소이다."

"죽어요!"

내가 고함쳤다.

"금방 죽는다고요! 여기 있으면 죽어요!"

나는 노인이 사태의 시급함을 알아차리기 바라면서 웨이브리지 쪽으로 다시 걸음을 재촉했다. 우리는 웨이브리지에 도착해 얼마간 머물러 있다가 다시 길을 떠나 정오 무렵엔 웨이 강과 템스 강이 만나는 곳에 이르렀다. 그곳에는 흥분한 피난민들이 잔뜩 몰려 있었다. 하지만 있는 배를 다 동원해도 그 많은 사람들을 모두 템스 강 너머로 실어 나를 수는 없을 듯했다. 사람들은 이따금 처트시 너머 벌판을 초조한 눈길로 바라보았다. 아직은 모든 것이 잠잠해 보였다.

갑자기 강 저편, 나무들에 가려 보이지 않는 곳에서 대포 소리가 들려왔다. 잇따라 또 한 차례 대포 소리가 들렸다. 보이지는 않지만 가까운 곳에서 느닷없이 전투 소리가 들리자 다들 움직임을 멈추고 숨을 죽였다.

저 멀리 강 위쪽으로 연기가 뭉게뭉게 피어올랐다. 곧이어 땅이 진동하면서 엄청난 폭발음이 공기를 뒤흔들었다. 근처에 있는 집들의 유리창 몇 장이 박살났다.

"저기 있다!"

한 남자가 소리쳤다.

"저쪽 말이오! 저놈들, 보여요?"

하나, 둘, 셋, 넷……. 넷이나 되는 세 다리 괴물들이 멀리 처트시 쪽에 있는 낮은 나무들 위로 연달아 모습을 드러냈다. 이제 다섯 번째 놈이 또 다른 방향에서 나타나 우리를 향해 다가오고 있었다. 대포 쪽으로 성큼성큼 움직이는 괴물들의 금속 몸체가 햇빛 속에서 번쩍였다. 왼쪽으로 가장 멀리 있던 놈이 커다란 상자를 공중으로 높이 쳐들자 다음 순간 섬뜩한 열 광선이 처트시 쪽으로 발사되어 마을을 강타했다.

강가에 있던 사람들은 재빠르게 움직이는 기괴한 괴물을 보는 순간, 완전히 넋이 나간 것 같았다. 비명도 외침도 나오지 않았다. 한동안 정적만 흘렀다. 이윽고 나지막한 웅성임이 일면서 사람들이 다시 움직이기 시작했다. 한 여자가 나를 밀치고서 황급히 달아났다. 나도 재빨리 돌아섰지만 아무 생각을 못할 정도로 두렵지는 않았다.

"물속으로 들어가요!"

내가 외쳤다. 하지만 아무도 내 말을 듣지 않았다. 나는 다시 몸을 돌려 화성인이 오는 쪽으로 뛰었다. 그러고는 자갈이 깔린 해변을 달려 내려가 물로 첨벙 뛰어들었다. 다른 사람들도 나를 따라 했다. 발밑의 자갈은 진흙이 묻어 미끄러웠다. 강물이 너무 얕아 육 미터 정도 들어가서야 겨우 허리에 차올랐다. 화성인이 이백 미터 앞까지 다가오자 나는 얼른 물속으로 몸을 숨겼다.

이윽고 배에 탄 사람들이 강물로 뛰어드는 소리가 들렸다.

그러나 화성인은 우리를 아랑곳하지 않았다. 숨이 차 고개를 들어 보니 놈은 강 건너에서 계속 대포를 쏘아 대는 군대 쪽을 바라보고 있었다. 첫 번째 포탄이 놈의 머리 위 육 미터 상공에서 터졌다. 이때 이미 놈은 열 광선을 쏘는 상자를 높이 들어 올리고 있었다.

나는 질겁하여 소리를 질렀다. 잠시 뒤 포탄 두 개가 동시에 괴물의 몸체 가까이에서 터졌다. 놈은 머리를 잽싸게 돌려 포탄을 피했다. 하지만 네 번째 포탄은 미처 피할 겨를이 없었다. 포탄은 괴물의 얼굴에 정통으로 맞았다. 놈의 머리가 빛을 번쩍 뿜으면서 박살이 났다. 붉은 살점과 번쩍거리는 금속 조각들이 허공으로 흩어졌다.

"맞았다!"

너무나 기쁜 마음에 나도 모르게 소리를 쳤다. 머리가 날아간 괴물은 술 취한 거인처럼 비틀거리면서 계속 앞으로 걸어 나갔다. 그러다 교회의 첨탑에 부딪히자 그것을 가볍게 넘어뜨리고 다시 앞으로 나아갔다. 그렇게 얼마쯤 더 가다가, 결국엔 강물로 걸어 들어가 쓰러져 눈앞에서 사라져 버렸다.

그 순간 엄청난 폭발음이 대기를 뒤흔들었다. 거대한 물기둥이 수증기와 진흙, 그리고 금속 조각과 함께 강물에서 하늘 높이 치솟았다. 곧이어 뜨거운 물이 큰 파도를 이루며 강의 상류로 굽이쳐 올랐다. 사람들은 육지로 기어오르려고 아우성을 쳤다. 그들의 비명과 외침이 괴물이 물속으로 가라앉으면서 내는 소리에 묻혀 어렴풋이 들려왔다.

나는 급히 물살을 헤치고 나아가 물굽이 저편을 보았다. 강 아래쪽에서 몸체가 거의 다 물에 잠긴 화성인의 모습이 눈에 들어왔다. 놈의 잔해에서 김이 모락모락 뿜어져 나왔다. 그 사이로 긴 다리와 촉수가 물속에서 움직이는 것이 보였다.

누군가 다급하게 고함을 지르는 소리가 들렸다. 한 남자가 물이 무릎까지 오는 곳에 서서 내게 알아들을 수 없는 소리를 외치며 무언가를 가리켰다. 뒤돌아보니 다른 화성인들이 처트시 쪽에서 강둑을 따라 걸어오고 있었다. 다시 대포가 발사되었으나 아무런 소용이 없었다.

나는 곧바로 물속으로 몸을 숨겼다. 그러고는 고통스러울 때까지 숨을 참으면서 되도록 오래 물 밑으로 헤엄쳐 나갔다. 물살은 거셌고 수온은 빠르게 올라갔다. 나는 잠시 후 물 위로 고개를 내밀고는 얼굴과 머리칼의 물기를 털어 냈다. 희뿌연 안개처럼 피어오른 증기에 가려 화성인들의 모습은 보이지 않았다. 그런데 소음이 귀청을 찢을 듯했다.

그 순간 놈들의 거대한 잿빛 형체가 눈에 들어왔다. 놈들은 어느새 나를 지나쳐 저만큼 가 있었는데, 그중 두 놈이 몸을 기울여 물에 빠진 동료를 살펴보고 있었다. 세 번째와 네 번째 괴물이 그 곁에 서 있었다. 그들은 높은 곳에서 광선 발사기를 이리저리 휘두르며 열 광선을 사방에 쏘아 댔다. 쉬익쉬익 하는 소리와 함께 곳곳이 파괴되었다.

  요란한 소음이 허공을 가득 메웠다. 화성인들이 내는 기계음, 집들이 무너져 내리는 소리, 나무와 울타리가 불길에 휩싸여 타오르는 소리 들이 한데 뒤엉켰다. 시커먼 연기가 하늘로 올라가면서 강에서 피어오르는 수증기와 합쳐졌다.

  갑자기 열 광선의 하얀 빛이 내가 있는 쪽으로 다가왔다. 광선에 맞은 집들이 무너져 내리며 불길에 휩싸였다. 나무들에서도 요란한 소리가 나면서 불이 붙었다. 열 광선은 내가 서 있는 곳에서 채 오십 미터도 떨어지지 않은 강물 가장자리까지 접근했다. 광선이 강물을 가로질러 내달리면, 그것이 지나간 자리를 따라 물이 끓어올랐다. 나는 황급히 육지로 향했다.

  이윽고 펄펄 끓는 거대한 물결이 세차게 밀려왔다. 나는 비명을 지르며 앞으로 무작정 달려 나갔다. 앞이 잘 보이지 않았고 살갗은 타 들어가는 듯했다. 혹여 발을 헛디디기라도 했다면 그것으로 끝장이었을 것이다. 나는 뭍으로 기어나와 화성인들을 빤히 바라보면서 자갈이 섞인 모래밭에 쓰러졌다. 이제 죽음밖에는 기다릴 것이 없었다.

  그 뒤의 상황은 지금도 어렴풋이 기억이 난다. 화성인의 발이 내 머리 바로 위까지 다가왔다. 그 발은 땅바닥에 박혔다가 높이 솟아올랐다. 그때 내가 본 것은 화성인 넷이서 쓰러진 동료의 조각들을 운반하는 모습이었다. 그 모습이 처음에는 또렷하게, 나중에는 연기에 가려 희미하게 보였다. 그들은 강과 벌판을 가로질러 나에게서 점점 멀어졌다. 그제서야 나는 내가 기적적으로 살아남았다는 사실을 깨달았다.

저 멀리 조그만 배 한 척이 강 하류로 떠내려가고 있었다. 나는 젖은 옷을 벗어 던졌다. 그러고는 그쪽으로 헤엄쳐 가서 배에 올라탔다. 배 안에는 노가 없었다. 강물이 몹시 뜨거웠지만 나는 손으로 배를 저으면서 강 하류에 있는 월튼 쪽으로 나아갔다. 아주 천천히 움직이면서 때때로 뒤를 돌아보았다. 그 거대한 괴물이 나타나면 강물에 뛰어들어야 했기 때문이다.

강물을 따라 얼마나 흘러갔을까. 저만치 앞에 월튼의 다리가 보였다. 나는 강둑으로 올라가 풀밭에 털썩 드러누웠다. 온몸이 녹초가 되어 있었다. 얼마간 시간이 흐른 뒤 힘겹게 몸을 일으켜 일 킬로미터 정도를 걸었다. 그러나 아무도 만나지 못했다. 나는 다시 산울타리 그늘에 누웠다. 목이 타는 듯이 말랐다.

한동안 잠이 들었던 모양이다. 눈을 떠 보니 어떤 남자가 내 곁에 앉아 저물어 가는 하늘을 멍하니 바라보고 있었다. 내가 일어나 앉자 그는 몸을 돌려 나를 바라보았다.

"물 좀 있어요?"

내가 물었다. 그는 고개를 젓고는 이렇게 대답했다.

"아까부터 계속 물만 찾더군요."

잠시 동안 우리는 아무 말 없이 서로를 바라보았다. 그는 분명히 내가 좀 이상한 사람이라고 생각했을 것이다. 나는 물에 젖은 바지와 양말 말고는 아무것도 걸치지 않은 데다 얼굴과 어깨는 온통 연기에 그을어 있었다. 사내의 얼굴은 몹시 창백해 보였다. 턱은 움푹 들어가 있고 이마에는 황갈색 곱슬머리가 흘러내리고 있었다. 커다랗고 푸른 눈동자에는 초점이 없었다.

그가 갑자기 내게서 눈길을 돌리며 말했다.

"도대체 어떻게 된 일입니까? 왜 이런 일이 일어나는 겁니까?"

나는 할 말이 없었다.

"왜죠? 우리가 무슨 죄를 지었단 말입니까? 아침 예배를 마치고 머리 좀 식히려고 산책을 하고 있었어요. 그런데 갑자기 불이 나고 지진이 일더니 사람들이 죽었어요. 우리가 어렵게 이루어 놓은 것들이 순식간에 사라져 버렸습니다. 교회마저도! 새로 지은 지 삼 년밖에 안 됐는데 말입니다! 대체 왜 우리가 이런 일을 당해야 합니까?"

다시 침묵이 이어졌다. 그러다 그는 미친 사람처럼 외쳤다.

"교회에 불이 나 연기가 한없이 올라가고 있다고요!"

그는 눈을 번득이며 가냘픈 손가락으로 웨이브리지 쪽을 가리켰다. 그는 웨이브리지에서 탈출한 목사였다. 끔찍한 비극을 겪은 나머지 이성을 잃은 것이 분명했다.

"선베리가 여기에서 먼가요?"

내가 나지막한 목소리로 물었다.

"우리가 무엇을 할 수 있죠? 괴물들이 사방에 깔려 있나요? 지구가 그놈들에게 완전히 정복당한 겁니까?"

그가 쉬지 않고 말했다. 나는 거듭 물었다.

"선베리가 여기에서 얼마나 되지요?"

"오늘 아침만 해도 예배를 드리고 있었는데……."

"이제 상황이 달라졌습니다."

나는 다시 차분하게 말했다.

"침착하셔야 합니다. 아직은 희망이 있습니다."

"희망이라고요?"

"그래요, 희망이 있어요. 비록 많은 것이 파괴되었지만 말입니다."

강 건너편, 낮은 언덕 너머에서 대포 소리와 섬뜩한 고함 소리가 희미하게 들려왔다. 그러다 곧 정적이 흘렀다. 웨이브리지와 세퍼튼에서는 연기가 피어올랐고 저녁놀이 붉게 번져 있었다. 그 뒤로 서쪽 하늘 높이 초승달이 떠서 창백하게 빛났다.

내가 말했다.

"이 길을 따라갑시다. 북쪽으로……."

제 7 장
런던을 덮친 공포

화성인들이 호셀 벌판에 착륙했을 때 내 남동생은 런던에 있었다. 의과 대학생인 동생은 시험 준비를 하고 있었다. 그 때문에 토요일 아침이 되도록 화성인들이 왔다는 소식을 전혀 듣지 못했다.

토요일자 조간 신문들에는 화성과 그곳에 사는 생물체에 대한 자세한 설명과 함께 짤막한 기사가 실렸다.

화성인은 사람들이 접근하자 위협을 느끼고는 속사포를 쏘아 많은 사람을 죽였다.

기사는 다음과 같이 끝났다.

화성인들은 위험한 존재인 것 같지만 구덩이 속으로 떨어진 뒤 아직 움직임이 포착되지 않고 있다. 아니, 움직일 능력조차 없어 보인다. 아마도 지구의 중력이 화성에 비해 강하기 때문일 것이다.

그날 동생을 비롯하여 생물학 수업을 듣는 학생들은 신문 기사를 보고 몹시 동요했다. 그러나 길거리는 아직 조용했다.

석간 신문에는 커다란 제목 아래 기사가 여럿 실렸다. 하지만 군대가 벌판으로 출동했으며, 워킹과 웨이브리지 사이의 소나무 숲이 불탔다는 것이 내용의 전부였다. 그날 밤에 일어난 전투에 대해서는 아무런 언급도 없었다. 바로 내가 마차를 타고 레더헤드에 다녀온 날의 일 말이다.

동생은 나를 그다지 걱정하지 않았다. 기사를 보고는 원통 우주선이 우리 집에서 삼 킬로미터가량 떨어진 곳에 있으려니 하고 생각했기 때문이다. 심지어 우리 집에 올 생각까지 했다고 한다. 화성인이 죽기 전에 눈으로 그 모습을 확인하고 싶었다는 것이다. 동생은 나에게 그런 뜻을 전하는 전보를 쳤다. 물론 그 전보는 나에게 전달되지 않았다.

토요일 저녁, 런던에도 폭풍우가 몰아쳤다. 동생은 마차를 타고 워털루 역으로 갔다. 승강장에 도착한 뒤에야 워킹 행 기차가 어떤 사고 때문에 운행을 중단하였다는 사실을 알았다. 그것이 정확히 무슨 사고인지는 알 수 없었다. 역무원조차 제대로 아는 것이 없어 역 안이 조금 술렁였다. 하지만 화성인과 관련된 사고인 줄은 아무도 몰랐다.

  나는 일요일자 신문에서 이 사건에 대한 기사를 읽었다. 기사 제목은 "런던 시민들, 워킹에서 날아온 사고 소식에 경악"이었다. 하지만 그건 사실과 달랐다. 대다수의 런던 시민들은 월요일 아침까지 화성인에 대해 듣지 못했다. 그 소식을 들은 몇몇 사람들도 한참이 지나서야 그것의 진짜 의미를 깨달았을 뿐이다. 런던 사람들은 일요일에는 신문을 잘 읽지 않았다.

  더욱이 그들은 세상이 안전하다고 굳게 확신하고 있었다. 그래서 다음과 같은 기사를 읽고 놀라기는 했어도 두려워하지는 않았다.

  어젯밤 7시경 화성인들이 원통형 우주선에서 나왔다. 그들은 금속 기계로 무장하고 돌아다니며 워킹 역과 주변 주택들을 완전히 파괴하고 600명 이상의 군인들을 살해하였다. 자세한 소식은 아직 알려지지 않았다. 화성인들에 대항하는 데에는 강력한 야전포도 아무런 효과가 없었다. 화성인들은 현재 처트시 쪽으로 서서히 이동 중인 것으로 보인다. 웨스트서리 주민들이 불안에 떨고 있는 가운데 화성인들의 런던 진입을 막기 위한 방어선이 구축되고 있다.

런던 사람들 가운데 화성인이 어떻게 생겼는지 아는 사람은 아무도 없었다. 그럼에도 여전히 사람들은 화성인들이 제대로 움직이지 못할 것이라는 고정관념을 갖고 있었다. 화성인에 대한 기사를 처음 보도한 신문들은 "느릿느릿 기어가는 외계인" 또는 "고통스럽게 기어가는 외계인"이라는 표현을 썼다. 화성인들을 직접 보고 쓴 기사는 하나도 없었다. 일요일 늦은 오후, 정부는 월튼과 웨이브리지, 그리고 인근 지역에서 피난길에 나선 사람들이 거리로 쏟아져 나와 런던으로 가고 있다고 발표했다.

일요일 아침, 내 동생은 교회에 갔다가 누군가가 쳐들어왔다는 소문을 얼핏 들었다. 문득 불길한 예감이 들어서, 워킹으로 가는 열차가 복구되었는지 보려고 다시 워털루 역에 갔다. 그런데 거기서 처트시로 가는 노선마저 끊겼다는 말을 들었다. 역무원들은 그날 아침 바이플리트 역과 처트시 역에서 보낸 중요한 전보를 몇 통 받고 난 다음 갑자기 끊겼다고 했다. 그러나 자세한 내용은 알 수 없었다.

"웨이브리지 근처에서 전투가 벌어졌다고 합니다."

그들이 전해 준 소식은 이것이 전부였다.

열차는 여전히 운행되지 않았다. 역에는 수많은 사람들이 가족이나 친구를 기다리며 서성였다. 어떤 남자가 내 동생에게 뜻밖의 소식을 들려주었다.

"지금 킹스턴으로 피난 가는 사람들이 엄청나게 많답니다. 살림살이 같은 것을 꾸려서 마차 같은 것을 타고 말입니다."

그가 다시 말했다.

"웨이브리지와 월튼 주민들이라는군요. 처트시에서 대포 소리가 들렸답니다. 우리는 햄프턴코트 역에서 그 소리를 들었는데 처음엔 천둥소리인 줄 알았어요. 불길이 무섭게 치솟자 말을 탄 군인들이, 화성인들이 쳐들어오고 있으니 당장 떠나라고 했답니다. 대체 어떻게 된 거죠? 화성인들은 구덩이에서 빠져나올 수 없다고 하더니……. 그렇지 않나요?"

동생은 아무 말도 할 수 없었다.

다섯 시 무렵에는 역에 사람들이 더 늘어나 있었다. 그들은 사우스이스턴 역과 사우스웨스턴 역 사이의 노선이 운행되고 있다는 소식을 듣고는 한동안 술렁거렸다. 그때 커다란 대포와 군인들을 잔뜩 실은 기차가 역을 지나 킹스턴 쪽으로 갔다. 잠시 뒤에 경찰이 도착했다. 경찰이 사람들을 역 밖으로 내보내기 시작하자 동생은 다시 거리로 나왔다.

워털루 다리에서 사람들이 강물을 내려다보고 있었다. 이따금 강을 따라 이상한 갈색 액체가 떠내려왔다. 저녁 해가 막 지고 있었다. 평온한 하늘을 배경으로 시계탑과 의사당 건물이 우뚝 서 있는 것이 바라다보였다. 사람들은 강물에 시체가 떠내려왔다는 이야기를 주고받았다.

동생은 방금 나온 신문을 팔고 있는 두 사내를 만났다. 그들은

"참혹한 재난 발생! 웨이브리지 전투! 화성인 격파! 런던 비상 사태!"라고 외치며 거리를 내달렸다. 동생은 신문을 한 부 샀다.

그 신문을 읽고 나서야 화성인들이 엄청나게 무서운 위력을 지녔다는 걸 깨달았다. 화성인들이 그저 기어 다니는 자그마한 생물체가 아니라 거대한 전투 기계를 조종하는 무서운 존재라는 것을 말이다. 움직임도 빠르고 공격력도 아주 강해서 가장 큰 대포도 그들을 당해 낼 수가 없었다.

신문 기사는 화성인의 전투 기계를 다음과 같이 묘사했다.

거미 모양의 거대한 기계이다. 높이가 30미터에 이르고 고속 열차만큼 빠르게 움직이며, 강력한 열을 내는 광선을 발사한다.

기사는 많은 화포들이 호셀 벌판 인근, 특히 워킹과 런던 사이에 매복하고 있다고 전했다. 화성인의 커다란 기계 다섯이 템스 강 쪽으로 움직이는 것이 목격되었다. 그중 하나는 다행히도 공격을 받아 파괴되었다. 하지만 다른 놈들은 날아오는 포탄을 재빨리 피한 뒤 열 광선으로 포병 부대를 전멸시켰다.

언론은 상당히 많은 군인들이 목숨을 잃기는 했으나 아직은 낙관적이라고 전했다.

화성인들의 전투 기계는 물러갔다. 이들은 결코 불패의 적이 아니었다. 그들은 워킹 부근에 있는 석 대의 우주선으로 돌아갔다. 태양 반사 신호기를 지닌 정찰병들이 곳곳에서 그들을 감시하고 있다. 영국 각 지역에서 대포가 수송되었다. 그중에는 95톤짜리 장거리 대포도 있다. 런던을 방어하기 위해 대포가 주요 거점에 신속히 배치되었다. 그 수는 무려 160대에 이른다. 영국에서 이렇게 많은 군사 장비가 신속하게 한 곳에 배치된 적은 일찍이 없었다.

언론은 상황이 중대하지만 대책을 마련하고 있으니 시민들은 두려워하지 말라고 설득하고 있었다. 화성인들이 무서운 존재인 것은 사실이지만 우리의 수가 수백만인 데 비해 그들은 고작 스무 개체 정도라는 것이었다.

웰링턴 거리는 온통 신문을 읽는 사람들로 붐볐다. 신문을 사려고 마차에서 뛰어내리는 이들도 있었다. 얼마 전까지 무관심했던 사람들조차 새로운 소식에 몹시 흥분했다.

동생은 스트랜드 거리를 따라 트라팔가 광장으로 가는 길에 웨스트서리에서 오는 피난민들을 만났다. 한 남자가 부인과 사내아이 둘을 데리고 살림살이 몇 가지를 손수레에 싣고 왔다. 뒤따라오는 건초 마차에는 지위가 높아 보이는 사람들이 대여섯 타고 있었으며, 상자와 보따리 몇 개가 함께 실려 있었다. 사람들은 지쳐 보였다. 그들 뒤로 조금 떨어져서 한 남자가 낡은 세발자전거를 타고 왔다. 지저분한 차림새에 얼굴은 하얗게 질려 있었다.

동생은 빅토리아 거리로 향했다. 그곳으로 가면서도 계속 피난민 행렬을 만났다. 동생은 혹시 나를 만날 수 있지 않을까 하는 기대도 했다고 한다. 평상시보다 많은 경찰들이 나와서 교통정리를 했다. 어떤 피난민들은 합승 마차에 탄 사람들과 화성인에 대한 소식을 주고받았다.

사람들은 기이한 일을 겪은 탓에 몹시 흥분한 상태였다. 동생은 몇몇 피난민들을 붙잡고 이것저것 물어보았지만 돌아오는 대답은 신통치 않았다. 워킹에 관한 소식을 알려 준 사람은 단 한 명뿐이었다. 그는 전날 밤에 워킹이 완전히 파괴되었다고 말했다.

이 무렵부터 사람들 사이에서 정부에 대한 원성이 터져 나왔다. 화성인들을 아직도 쳐부수지 못한 것은 정부에 책임이 있다는 것이었다.

여덟 시 무렵이 되자 런던의 남부 지역에서 대포 소리가 들렸다. 동생은 웨스트민스터에서 리전트 공원 근처에 있는 숙소로 걸어왔다. 그제서야 사태가 생각보다 심각하다는 사실을 알아차리고 내가 걱정되어 안절부절못했다.

마차 두어 대가 피난민들을 태운 채 옥스퍼드 거리를 지나고 있었다. 그러나 워킹 쪽 소식이 아직 전해지지 않아서인지 리전트 거리와 포트랜드플레이스는 여느 때와 다름없이 산책을 즐기는 사람들로 가득했다. 리전트 공원의 가장자리를 따라 많은 연인들이 다정히 걷고 있었다. 밤 공기는 약간 후텁지근했다. 대포 소리는 간간이 끊이지 않고 들려왔다. 자정이 지나자 남쪽에서 섬광이 번뜩이는 것 같았다.

동생은 신문을 읽고 또 읽으면서 나에게 최악의 사태가 벌어진 것은 아닌지 걱정했다. 그는 저녁 식사를 하자마자 다시 밖으로 나갔다. 그러고는 집으로 돌아가 시험 공부에 집중해 보려고 했지만 뜻대로 될 리 없었다.

자정이 조금 넘어 가까스로 잠자리에 들었는데, 새벽 두세 시쯤 갑자기 시끄러운 소리가 들려와 잠에서 깼다. 사방에서 문을 두드리는 소리, 거리를 마구 뛰어가는 소리, 멀리서 북을 치는 소리, 종을 치는 소리가 뒤섞여 들려왔다. 이게 무슨 일인가 싶어 그는 벌떡 일어나 창문가로 달려갔다.

거리 곳곳에서 창문들이 열리면서 사람들이 무슨 일이냐고 소리를 질러 댔다.

"화성인들이 쳐들어와요!"

경찰관이 집집마다 문을 두드리며 소리쳤다. 그는 계속 외치면서 서둘러 다음 집으로 발길을 옮겼다.

그 순간 올버니 거리에 있는 군 부대에서 북소리가 들려왔다. 근처 교회에서는 비상 사태를 알리는 종소리가 울려 퍼졌다. 문 여는 소리가 요란하게 들리고 길 건너편 집들에서 잇따라 불이

켜졌다.

덮개를 씌운 마차 한 대가 요란한 말발굽 소리를 내며 지나갔다. 그 뒤로 수많은 마차들이 꼬리를 물었다. 다들 초크팜 역으로 향했다. 그 역에서는 특별 열차가 사람들을 태우려고 대기하고 있었다.

동생은 얼이 빠져 창밖을 하염없이 내다보고만 있었다. 그러다 번뜩 정신을 차리고 창가를 떠나 옷을 입기 시작했다. 바깥에서 벌어지는 광경을 하나라도 놓칠세라 옷을 걸치는 사이사이 창가로 달려가곤 했다. 평소보다 훨씬 일찍 나온 신문팔이들이 소리를 질러대며 신문을 팔고 있었다.

"런던이 위험합니다! 킹스턴과 리치먼드 방어선이 무너졌습니다! 템스 계곡에서 사람들이 엄청나게 죽었답니다!"

주변 사람들이 창문 밖으로 고개를 내밀고는 영문을 몰라 어리둥절한 표정으로 서로 말을 주고받았다. 그러다 돌연히 뭔가를 깨달은 듯 서둘러 옷을 걸쳤다. 공포의 폭풍우가 런던까지 불어 닥친 순간이었다. 두려움은 새벽 햇살처럼 순식간에 퍼져 나갔다. 일요일 밤에 아무 생각 없이 잠자리에 들었던 런던 사람들은 생생한 위험을 느끼며 잠에서 깨어났다.

동생은 집 안에서는 사태를 정확히 파악하기 어렵다는 생각에 황급히 문밖으로 뛰쳐나왔다. 지붕들 사이로 이제 막 불그레하게 동이 터 오는 하늘이 보였다. 걷거나 마차를 타고 피난을 떠나는 사람들이 갈수록 늘어났다.
"검은 독가스다!"
사람들이 외치는 소리가 들렸다.
"검은 독가스다!"
어찌할 바를 몰라 집 앞에서 머뭇거리던 동생은 마침 다가오는 신문팔이에게서 신문을 샀다. 그 신문팔이는 신문 값을 정상 가격에서 몇 배나 올려 부르고 있었다. 돈에 대한 욕심과 공포감이 기묘하게 뒤섞인 모습이라고나 할까.
신문에는 군사령관이 발표한 섬뜩한 기사가 실려 있었다.

화성인은 로켓을 이용해서 엄청난 양의 검은 독가스를 방출하고 있다. 그들은 우리 포병을 독가스로 질식시키고 리치먼드와 킹스턴, 윔블던을 파괴한 다음 런던을 향해 이동 중이며, 이동 중에 만나는 것은 닥치는 대로 파괴하고 있다. 화성인들을 저지하는 것은 불가능하다. 즉시 도망가는 것 말고는 방법이 없다.

이것이 기사의 전부였다. 하지만 그것으로 충분했다. 대도시 런던의 육백만 시민들이 한꺼번에 움직이기 시작했다. 피난민들은 북쪽으로 밀물처럼 밀려 나갔다.
"검은 독가스다!"
사람들이 소리쳤다.

"불이야!"

교회의 종들이 한꺼번에 요란하게 울렸다. 난폭하게 달리던 마차 한 대가 박살났다. 사람들은 비명을 지르고 욕설을 퍼부어 댔다. 집집마다 노란 불빛이 오르내렸고 등불을 밝힌 마차들이 내달렸다. 하지만 머리 위로 밝아 오는 하늘은 맑고 고요했다.

동생은 이리저리 움직이는 발소리를 들었다. 하숙집 주인 아주머니가 잠옷에 가운을 걸치고 나왔다. 그 뒤로 그녀의 남편이 달려 나왔다.

사태의 심각성을 깨달은 동생은 서둘러 방으로 돌아가, 가진 돈을 모두 주머니에 쑤셔 넣고서 다시 거리로 나갔다.

제 8 장
검은 독가스

화성인들이 다시 공격을 시작했다. 그때 나는 산울타리 아래에서 목사와 이야기를 나누고 있었고, 동생은 웨스트민스터 다리를 건너는 피난민들의 행렬을 지켜보고 있었다.

나중에 전해진 보고에 따르면, 화성인들은 그날 밤 아홉 시까지 호셀 벌판의 구덩이에서 공격 준비를 하느라 바빴다. 그러면서 엄청난 양의 검은 독가스를 내뿜었다고 한다.

여덟 시경에는 화성인의 전투 기계 셋이 구덩이 밖으로 나왔다. 그들은 조심스럽게 리플리와 웨이브리지 쪽으로 이동했는데 그 모습을 포병들이 포착했다. 전투 기계들은 서로 이 킬로미터쯤 간격을 두고 나란히 움직였다. 그것들은 서로 의사소통을 할 때 높낮이를 달리하며 울부짖는 듯한 소리를 냈다.

나와 목사가 어퍼핼리퍼드에 이르렀을 때 리플리와 세인트조지 언덕에서 화성인들의 요란한 울부짖음과 대포 소리가 들렸다. 리플리의 포병대는 전투 경험이 전혀 없었다. 첫 번째 대포가 제대로 맞지 않자 군인들은 모두 달아나 버렸다. 화성인 전투 기계는 열 광선도 사용하지 않은 채 대포들을 넘어 조용히 걸어갔다.

그러나 세인트조지 언덕에 배치된 군인들은 제대로 훈련받은 병사들이었다. 그들은 소나무 숲에 숨어 있었는데, 전투 기계들은 가까운 거리에서도 알아차리지 못했다. 포병 부대는 일렬로 서서 대포를 겨누다가 목표물이 약 일 킬로미터 안에 들어왔을 때 일제히 쏘았다.

포탄들이 한꺼번에 화성인의 주변에서 터졌다. 전투 기계는 몇 걸음 내딛더니 곧 쓰러졌다. 군인들은 재빨리 포탄을 다시 장전하였다. 쓰러진 화성인 기계가 울부짖자 그에 답하기라도 하듯이 두 번째 놈이 남쪽 숲에서 나타났다. 쓰러진 놈은 세 개의 다리 가운데 한 개가 부러진 것 같았다. 포탄들이 쓰러진 전투 기계 쪽으로 집중적으로 발사되었지만 모두 빗나가고 말았다. 그러자 다른 화성인 전투 기계들이 대포들을 향해 열 광선을 쏘아 댔다. 순식간에 포탄들이 폭발하면서 숲이 불길에 휩싸였다. 한두 명의 군인만이 겨우 도망칠 수 있었다.

전투 기계 셋이 멈추어 서서 새로운 작전을 의논하는 듯했다. 군인들은 그들이 거의 삼십 분 동안이나 꼼짝하지 않았다고 보고했다. 주저앉은 거대한 기계의 꼭대기에서 작은 갈색 생물체가 기어 나왔다. 그것은 기계를 수리하기 시작하더니 아홉 시가 되어서야 작업을 끝냈다.

잠시 뒤 다른 전투 기계 넷이 나타나 합류하였다. 새로 나타난 화성인 기계 넷은 검은 튜브를 하나씩 들고 있었다. 이들은 같은 모양의 튜브를 다른 셋에게도 나눠 주었다. 이제 일곱 대의 화성인 기계는 일정한 간격을 두고 반원 모양을 이루며 웨이브리지와 리플리 사이에서 전진하기 시작했다.

놈들이 움직이기 시작하자 군인들은 십여 발의 신호탄을 쏘아 에셔 부근에서 대기하고 있던 포병에게 신호를 보냈다. 그와 때를 맞추어 전투 기계 넷이 검은 튜브를 들고 강을 건넜다.

나와 목사는 그들 가운데 둘이 서쪽 하늘을 등지고 검은 그림자로 모습을 드러내는 것을 목격했다. 우리는 그때 허겁지겁 북쪽으로 도망치고 있었다.

목사는 그것들을 보고는 겁에 질려 정신없이 달아나기 시작했다. 하지만 나는 달아나 보았자 소용이 없다는 것을 알고 있었기 때문에 얼른 길가의 덤불 속으로 기어 들어갔다. 목사도 뒤를 돌아보더니 이내 되돌아와 내 곁에 숨었다.

멀리서, 가까이서, 또 멀리서 잇따라 대포 소리가 들렸다. 우리와 가장 가까이에 있던 전투 기계가 튜브를 들어 올리더니 대포를 향해 뭔가를 발사했다. 뒤이어 꽝 하고 땅을 뒤흔드는 소리가 들렸다. 다른 놈도 똑같이 했다. 그런데 그것은 빛을 뿜지도 않았고 연기를 내지도 않았다. 귀청을 찢는 듯한 요란한 소리뿐이었다.

나는 잔뜩 긴장한 탓에 위험하다는 생각을 깡그리 잊어버리고 덤불숲 밖으로 고개를 내밀었다. 그때 다시 꽝 하는 소리가 나면서 무언가가 머리 위로 쏜살같이 날아갔다. 연기나 불길 같은 것이 보일 줄 알았는데 머리 위엔 짙푸른 하늘과 별 하나뿐이었다. 더 이상 폭발도 없었고 포병대 쪽도 잠잠했다. 그렇게 적막이 삼 분 정도 흘렀다.

"어떻게 된 거죠?"

목사가 일어서며 물었다.

"글쎄요."

목사와 나는 화성인 전투 기계 쪽으로 눈길을 돌렸다. 놈은 강둑을 따라 동쪽으로 가고 있었다. 나는 숨어 있는 포병대가 공격해 주기를 기다렸지만 이상하게도 내내 조용하기만 했다. 놈의 형체는 멀어지면서 점점 작아지더니 오래지 않아 안개와 어둠 속으로 사라져 버렸다.

우리는 언덕 위로 올라가 주변을 돌아보았다. 선베리 쪽은 언덕처럼 둥글넓적하게 생긴 것이 시야를 가로막고 있었다. 강 건너편에서도 똑같이 생긴 것이 하나 보였다. 그 언덕들은 점점 가라앉더니 넓게 퍼졌다.

퍼뜩 머리를 스치는 것이 있어 북쪽을 바라보았다. 세 번째 검은 덩어리가 눈에 들어왔다.

모든 것이 고요했다. 그때 저 멀리 남쪽에서 놈들이 서로에게 보내는 신호음이 들려왔다. 이윽고 무언가 발사하는 소리가 들리면서 대기가 진동했다. 그러나 우리 포병대는 전혀 반격하지 않았다.

그 당시에는 그 상황을 도무지 이해할 수 없었다. 하지만 먼동이 틀 즈음 그 검은 언덕들의 무시무시한 정체를 알게 되었다. 이미 목격했듯이 놈들은 반원 대열을 이룬 채 들고 있던 튜브로 커다란 산탄을 발사했다. 언덕이든 숲이든 마을이든, 대포가 숨어 있을 만한 곳이라면 가리지 않고 쏘아 댔다. 한 발씩 쏘는 놈도 있었고, 한꺼번에 두 발 이상씩 쏘는 놈도 있었다.

땅에 떨어진 그것들은 폭발하지 않았다. 그 대신 그곳에서 곧바로 시커먼 연기가 솟아올라 거대한 검은 구름 덩어리가 되었다. 작은 언덕만 한 이 기체 덩어리는 다시 가라앉으면서 천천히 주변으로 퍼져 나갔다. 그 기체에 닿거나 조금이라도 마시면 곧바로 죽을 수밖에 없었다. 바로 독가스였다.

검은 독가스는 짙은 안개보다도 무거웠다. 그것은 공기와 섞이면서 구릉이나 계곡으로 흘러 들어갔다. 물이나 안개, 젖은 풀

따위에 닿기만 해도 화학 반응을 일으켜 미세한 먼지가 되어 천천히 가라앉았다.

독가스는 땅바닥에서 십오 미터가량 되는 지점에 한동안 머물러 있었다. 따라서 그보다 높은 층이나 지붕, 또는 나무 위로 올라가면 피할 수 있었다.

초브엄 거리에서 도망쳤다는 한 남자는 독가스에 대해 놀라운 이야기를 해 주었다. 교회 첨탑에서 내려다보니 잉크처럼 번지고 있는 그 죽음의 그림자가 마치 유령처럼 집들을 서서히 뒤덮더라는 것이었다. 그는 꼬박 하루 반 동안이나 지치고 굶주린 채 뜨거운 햇빛을 받으며 그곳에 있었다고 했다. 그 마을에서는 독가스가 땅에 완전히 가라앉기 전까지 꽤 오랫동안 공중을 떠돌았다. 화성인들은 독가스가 효력을 발휘하고 나면 곧 공기를 정화시켰다. 그런 다음 다시 열 광선을 쏘아 공격했다.

우리는 핼리퍼드의 어느 빈 집에 머무르면서 창밖을 내다보았다. 그 주변에서 화성인들이 독가스를 퍼뜨리고 있었다. 이리저리 움직이는 탐조등의 불빛이 보였다. 열한 시 무렵, 창문이 덜컹거리더니 곳곳에 배치된 포병 부대에서 대포를 쏘는 소리가 들렸다. 대포 공격은 십오 분가량 계속되었다. 그러더니 탐조등의 불빛이 사라지고 그 자리에 불길이 치솟았다.

그런 다음, 네 번째 원통 우주선이 착륙했다. 그것은 마치 눈부신 초록빛 유성처럼 어느 공원에 떨어졌다. 리치먼드와 킹스턴 언덕에 배치된 대포들이 공격하기 전에 멀리 남서쪽에서 포격 소리가 들렸다. 검은 독가스가 포병들을 집어 삼키기 전에 발포된 듯했다.

마치 인간이 연기를 피워 말벌을 벌집에서 몰아내듯이 화성인은 런던 쪽에 독가스를 퍼뜨렸다. 화성인 전투 기계들은 반원형태로 열을 지어 서 있다가 대열의 양쪽 끝을 조금씩 넓혀 마침내 직선을 이루었다.

튜브를 든 전투 기계들이 밤새도록 진격했다. 그들은 세인트 조지 언덕에서 한 차례 공격을 받은 뒤로는 포병대에게 공격할 여지를 주지 않았다. 대포가 숨어 있을 만한 곳에는 어김없이 검은 독가스를 발사했고, 대포가 보이면 열 광선을 쏘았다.

자정 무렵에는 리치먼드 공원의 언덕에 서 있던 나무들에 불이 붙어 검은 독가스 구름을 환히 비추었다. 독가스는 템스 강 주변을 뒤덮으며 한없이 번져 갔다.

화성인들은 그날 밤에 열 광선을 마구 쏘아 대지는 않았다. 아마도 열 광선을 만들어 낼 재료가 모자랐거나, 그들의 목표가 특정한 지역을 파괴하는 것이 아닌 군대를 격파하는 것이었기 때문인 듯하다. 어느 쪽이든 그것이 화성인들의 목표라면 그들은 확실히 성공한 셈이었다. 이날 밤 뒤로는 어떤 사람들도 화성인에게 대항하려 하지 않았다. 그것은 곧 죽음을 뜻했기 때문이다.

동이 트기 전에 이미 검은 독가스는 리치먼드 거리에 쫙 퍼졌다. 전투 의지를 잃어버린 정부는 최후의 처방을 내놓았다. 런던 시민들에게 빨리 탈출하라는 경고를 내린 것이었다.

제 9 장
탈 출

월요일 아침이 밝아 올 무렵, 공포의 물결이 세계에서 가장 위대한 도시 런던을 휩쓸었다. 사람들은 기차 역으로 달려가거나 템스 강에서 배를 타려고 아우성이었다. 다들 모든 수단을 동원하여 북쪽이나 동쪽으로 다급히 도망쳤다. 오전 열 시쯤에는 경찰마저도 통제력을 잃고는 손을 놓아 버렸다.

템스 강 북쪽의 모든 철도 노선과 캐논 거리의 남동쪽 노선 근처에 사는 사람들은 일요일 한밤중에 피난하라는 경고를 받았다. 열차는 피난민으로 꽉 찼다. 심지어 새벽 두 시까지 사람들은 설 자리를 놓고 몸싸움을 벌였다. 역 주변도 인파로 가득 찼다. 사람들은 밀려 넘어지고 짓밟혔다. 권총을 쏘는 사람, 칼을 휘두르는 사람도 있었다. 교통 정리를 하기 위해 파견된 경찰들은 지치고 화가 난 나머지, 자기들이 보호해야 할 시민들과 싸움을 벌이기도 했다.

시간이 흐르면서 기관사와 차장들은 런던으로 돌아가지 않겠다고 버텼다. 사람들은 빨리 피해야 한다는 생각에 북쪽으로 난 도로로 몰려들었다. 한낮 즈음에는 검은 독가스가 천천히 가라앉으며 템스 강을 따라 흘러, 다리를 지나 탈출하는 길을 모두 막아 버렸다. 또 다른 구름은 일링으로 흘러가, 캐슬 언덕에 남아 있던 사람들을 에워싸 버렸다. 그들은 살아 있었지만 빠져나올 수 없었다.

내 동생은 초크팜에서 열차를 타려다가 실패하고는 도로로 나왔다. 마차들이 쏜살같이 내달리고 있었다. 그는 마차들을 이리저리 피하며 걷다가 운 좋게도 자전거 가게 앞에 이르렀다. 거기에는 자전거를 꺼내 타려는 사람들이 잔뜩 몰려 있었다. 어쩌다 보니 사람들에 떠밀려 맨 앞에 서게 된 동생은 깨진 유리창 틈으로 자전거를 한 대 꺼낼 수 있었다. 어렵게 끄집어내느라 자전거 앞바퀴에 구멍이 나고 팔목에 살짝 상처도 입었다. 동생은 뒤집힌 마차와 말들을 피해 자전거를 타고 벨사이즈 도로로 나왔다.

그는 공포의 도가니에서 벗어나 일곱 시쯤 에지웨어에 도착했다. 마을을 일 킬로미터 정도 앞두고 자전거 바퀴가 부러지는 바람에 더 이상 타고 갈 수가 없었다. 동생은 길가에 자전거를 버려 두고 걸어서 마을로 들어갔다. 마을 사람들이 몰려드는 피난민의 물결을 어리둥절한 표정으로 바라보았다. 동생은 우선 선술집에 들어가 배를 채웠다.

그는 친구들이 있는 첼름스퍼드로 가야겠다고 막연히 생각했다. 그래서 동쪽으로 난 좁은 골목으로 들어선 뒤, 계단을 올라 북동쪽으로 가는 샛길로 접어들었다. 여러 농장과 작은 마을들을 지났다.

동생은 어느 풀밭 길을 지나다 우연히 피난하던 두 여인을 만났다. 이들과는 곧 동행이 되었다. 사실은 위험에 빠져 있던 두 여인을 동생이 구한 셈이었다.

사건은 이러했다. 동생은 여자들의 비명을 듣고는 소리가 나는 쪽으로 달려가 보았다. 남자 두 명이 마차에 탄 여자들을 강제로 끌어내리려 하고 있었고, 다른 남자 한 명은 놀란 말의 머리를 부둥켜안고 있었다. 그중에 흰 옷을 입은 키 작은 여자는 그저 소리만 질렀고, 호리호리한 체격에 검은 옷을 입은 여자는 자신의 팔을 잡아당기는 남자의 얼굴을 채찍으로 내리치고 있었다.

동생은 소리를 지르며 그들에게 냅다 달려들었다. 여자들을 끌어내리던 남자가 그를 향해 돌아섰다. 싸울 수밖에 없다고 느낀 동생은 주먹을 힘껏 휘둘러 남자를 마차 바퀴 밑으로 쓰러뜨렸다. 동생은 한때 권투 선수였다.

하지만 권투 경기의 예절을 지킬 여유가 없었다. 동생은 쓰러진 남자를 걸어차 완전히 뻗게 한 뒤, 여자의 팔을 잡고 있는 남자의 멱살을 움켜쥐었다. 그때 말발굽 소리가 들리더니 채찍이 그의 얼굴로 날아왔다. 이윽고 세 번째 사내가 동생의 미간을 후려쳤다. 그 사이에 멱살이 잡혔던 사내는 몸을 빼내어 줄행랑을 쳤다.

동생이 약간 얼떨떨한 상태에서 바라보니, 말 머리를 붙잡고 있던 건장한 남자만 앞에 서 있고, 마차는 덜컹거리며 길을 따라 내려가고 있었다. 동생은 그의 얼굴에 주먹을 날린 다음 마차를 향해 뛰었다. 덩치 큰 남자가 곧바로 뒤따라 달려왔다. 달아났던 남자도 되돌아와 동생을 뒤쫓았다.

갑자기 동생이 몸의 균형을 잃고 넘어졌다. 일어나 보니 눈 앞에 두 남자가 버티고 서 있었다. 그때 만일 호리호리한 체격의 여자가 급히 말을 세우고 돌아와서 도와주지 않았더라면 동생은 그들에게 크게 당했을 것이다. 그 여자는 늘 권총을 지니고 다녔지만, 조금 전 공격을 받을 때는 하필 권총이 의자 아래에 있어 손을 쓰지 못했다.

그녀는 약 오 미터 거리에서 방아쇠를 당겼다. 총알은 아슬아슬하게 동생을 비껴갔다. 총소리에 두 남자는 허겁지겁 달아나기 시작했다. 길 아래로 달아나던 그들은 세 번째 동료가 쓰러져 있는 곳에서 멈추었다.

"이걸 받아요!"

호리호리한 여자가 동생에게 권총을 건넸다.

"마차로 돌아갑시다."

동생은 입술에서 흐르는 피를 닦으며 말했다. 그들이 마차가 있는 곳으로 갔을 때, 흰 옷을 입은 여자는 겁에 질린 말을 붙들고 있느라 안간힘을 쓰고 있었다.

동생이 말했다.

"괜찮으시다면 제가 여기에 앉아 가겠습니다."

그는 빈 앞자리에 앉았다. 호리호리한 여자가 옆에 앉아 말을 몰았다.

알고 보니 그 두 여자는 스탠모어에 사는 어느 외과 의사의 부인과 동생이었다. 흰 옷을 입은 여자가 엘핀스턴 부인이었고 호리호리한 여자가 그녀의 시누이인 엘핀스턴이었다. 의사는 밤늦게 왕진을 다녀오다가 기차 역에서 화성인이 쳐들어왔다는 소식을 들었다. 그는 서둘러 집으로 돌아와 부인과 여동생을 깨웠다. 하인들은 이미 이틀 전에 떠나고 없었다. 그는 몇 가지 짐을 챙긴 다음 마차의 의자 밑에 권총을 넣어 두었다. 의사는 그녀들에게 에지웨어로 가서 열차를 타라고 한 뒤, 자신은 이웃 사람들의 피난을 돕기 위해 남겠다고 했다.

새벽 네 시 반까지는 따라와 함께 가겠다고 했지만 그는 아홉 시가 거의 다 되었을 때까지도 나타나지 않았다. 그렇다고 에지웨어에서 마냥 기다리고 있을 수가 없어서 그녀들은 그곳을 떠나 샛길로 오는 길이라고 했다.

세 사람은 좁은 길을 따라 이동했다. 동생은 런던에서 도망쳐 나온 일과 화성인들에 대해 아는 대로 말해 주었다. 대화가 끊어질 즈음, 그들 사이에는 불안이 찾아들었다. 동생은 길에서 만나는 사람들에게서 새로운 소식을 들으면 들을수록 인류에게 정말 커다란 위험이 닥쳤음을 실감했다. 그러자 잠시라도 지체하지 않고 도망쳐야 한다는 다급한 마음이 들었다. 그는 여자들에게 상황을 설명했다.

"우리한테 돈이 좀 있어요."

엘핀스턴이 약간 주저하면서 말을 꺼냈다.

"나도 있습니다."

동생이 말했다.

그녀는 금화로 삼십 파운드와 지폐로 오 파운드를 가지고 있다고 하면서, 세인트올번스나 뉴바넷에서 기차를 타자고 했다. 하지만 동생은 런던에서 혼잡하기 그지없는 기차 역을 이미 보았기에 그것이 현실적으로 불가능하다고 판단했다. 그 대신 에식스를 가로질러 해리치로 간 다음 거기서 다른 나라로 건너가자고 제안했다. 그녀는 신중히 생각한 끝에 그의 뜻을 따르기로 했다.

뉴바넷이 가까워지면서 사람들이 점점 많아졌다. 다들 피곤에 지쳐 초췌한 모습이었다. 주택가에서 어슴푸레한 회색빛 연기와 아지랑이가 하늘로 올라갔다.

그때 엘핀스턴 부인이 갑자기 비명을 질렀다. 집들 사이로 시뻘건 불길과 검은 연기가 치솟아 오르고 있었던 것이다. 그와 함께 사람들의 고함 소리와 수레 바퀴의 삐걱거리는 소리, 딸각거리는 말발굽 소리가 한데 뒤섞여 주변은 소란스러울 대로 소란스러워졌다.

교차로를 지나자 경사가 급격히 심해졌다. 엘핀스턴 부인이 갑자기 소리를 질렀다.

"아니, 도대체 우리를 어디로 데려가는 거예요?"

동생은 곧바로 마차를 세웠다.

큰 도로는 끊임없이 몰려드는 사람들로 들끓었다. 사람들은 한 발이라도 앞서가려고 서로를 마구 밀쳤다. 햇빛을 받아 반짝이는 거대한 먼지 구름 때문에 겨우 몇 미터 앞이 잘 보이지 않았다. 동생은 뿌연 먼지 구름을 헤치며 조금씩 앞으로 나아갔다.

무거운 보따리를 든 여자가 울면서 지나갔다. 주인을 잃은 개가 혀를 빼물고서 주변을 맴돌다가 동생이 지르는 고함에 놀라 황급히 달아났다.

"갑시다, 빨리 가요! 그놈들이 오고 있어요!"

사방에서 외치는 소리가 들렸다.

모두들 먼지를 잔뜩 뒤집어쓰고 있었다. 피부는 메말라서 갈라지고 입술은 새까맣게 타 들어갔으며, 하나같이 겁에 질린 표정이었다. 울음을 터뜨리는 어린아이들, 떨어진 돈을 한 푼이라도 더 주우려고 안간힘을 쓰는 사람들, 몸을 부딪치며 싸우는 사람들……. 거리는 그야말로 아수라장이었다.

갑자기 엘핀스턴이 손을 올려 두 눈을 가렸다. 그 옆에는 한 아이가 겁에 질린 표정으로 길바닥을 내려다보고 있었다. 길바닥에는 지나가는 마차에 치여서 뭉개진 시체가 나뒹굴고 있었다.

"돌아갑시다!"

동생이 소리쳤다.

"도저히 뚫고 갈 수가 없어요."

그들은 방향을 돌려서 왔던 방향으로 백 미터쯤 되돌아갔다. 그러고 나서 골목의 모퉁이를 돌아서는 순간, 숨이 끊어지기 직전의 한 남자가 눈에 띄었다. 얼굴이 백지장처럼 하얗게 질린 채 식은땀으로 번들거렸다. 동행한 두 여자는 의자를 붙잡은 채 부들부들 떨고만 있었다.

동생은 모퉁이 길을 벗어나자마자 마차를 멈추었다. 두 여자 못지않게 동생도 두려워 어찌할 바를 몰랐다. 잠시 뒤, 그들은 되돌아온 길로 다시 갈 수밖에 없다는 사실을 깨달았다. 동생은 엘핀스턴을 보며 단호하게 말했다.

"저 길로 다시 가야 합니다."

그러고는 말 머리를 돌렸다.

거센 물결처럼 몰아닥치는 사람들 속을 뚫고 가기 위해, 동생은 말에서 내린 뒤 말 머리를 잡고 직접 길을 헤쳐 나갔다. 고삐는 엘핀스턴이 잡고 있었다.

그런데 갑자기 마차가 바퀴에 무엇이 걸린 듯 멈추더니, 마차에서 기다란 나무 조각 하나가 옆으로 튕겨 나갔다. 다음 순간 그들은 인파에 휩쓸려 들어가고 말았다. 동생은 마차로 기어올라 엘핀스턴에게서 고삐를 넘겨 받았다.

"뒤에 있는 남자를 겨누세요."

동생이 총을 그녀에게 건네며 말했다.

"그가 우리를 세게 몰아붙이면 말입니다. 아니, 말을 겨누는 게 좋겠어요."

그런 다음 일행은 도로의 오른쪽으로 갈 기회를 엿보았다. 하지만 인파에 밀려 들어온 이상, 그들도 어쩔 수 없이 행렬의 일부가 되고 말았다. 그들은 그렇게 사람들에게 밀려 뉴바넷까지 휩쓸려 갔다. 마을의 중심부를 이 킬로미터나 벗어난 다음에야 겨우 길 반대편으로 갈 수 있었다.

동생 일행은 동쪽으로 방향을 잡아 해들리까지 갔다. 그곳에서 오후의 나머지 시간 동안 휴식을 취하기로 했다. 그날 벌어진 많은 일들로 세 사람 모두 기진맥진해 있었다. 배가 고픈 데다, 해가 지자 춥기까지 했다. 저녁 무렵에는 많은 사람들이 그

근처를 서둘러 지나갔다. 알 수 없는 위험에서 도망치려는 사람들의 행렬이 꼬리를 물고 이어졌다.

제 10 장
바다 위의 전투

화성인들이 파괴만을 목표로 했다면, 그들은 런던 시민들이 주변 지역으로 흩어지던 월요일에 런던 전체를 파괴할 수도 있었을 것이다. 그날 월요일 아침에 누군가 기구를 타고 런던을 내려다보았다면 북쪽과 동쪽으로 난 모든 도로는 피난민들로 가득 차 까맣게 보였을 것이다. 다들 공포에 질리고 지칠 대로 지친 사람들이었다.

세계 역사상 이처럼 많은 사람들이 한꺼번에 피난길에 나서서 고생한 적이 없었다. 육백만 명의 사람들이 무기도 식량도 없이, 어디로 가야 하는지도 모르는 채 허둥댔다. 문명의 패배요, 인류 대학살의 시작이었다.

강의 남쪽에 솟은 푸른 언덕에서는 번쩍이는 전투 기계를 탄 화성인들이 여기저기를 오가며 조직적으로 독가스를 살포했다. 그들은 지구인의 무기를 발견하면 남김없이 폭파했고 곳곳의 통신선과 철도를 끊어 버렸다.

그들은 활동 영역을 넓혀 가면서도 서두르는 기색을 보이지 않았다. 그날 하루 종일 런던 중심부에 머물러 그곳을 집중 공격했다. 많은 시민들이 월요일 오전까지 집에 남아 있다가 검은 연기에 질식해 죽었을 것이다.

한낮까지만 해도 템스 강에 많은 배들이 정박해 있었다. 거금을 주고서라도 배를 타겠다는 피난민들이 있었기 때문이다. 소문에 따르면, 돈을 갖고 있지 않은 사람들이 배가 있는 곳까지 헤엄쳐 가다가 물에 빠져 죽은 경우도 허다하다고 했다.

오후 한 시경, 검은 독가스의 찌꺼기가 런던의 블랙 프라이어스 다리를 지나 흘러들었다. 이것을 보고 공포에 휩싸인 크고 작은 배들이 한꺼번에 출발하는 바람에 큰 소동이 벌어졌다. 다리 아래에 몰려 있던 사람들이 배에 타려고 달려드는 바람에 선원들이 막아 내느라 안간힘을 썼다. 사람들은 심지어 다리에서 배 위로 뛰어내리기도 했다.

한 시간 뒤에 화성인 하나가 강을 따라 내려왔다. 잠시 후 강 위에는 산산조각 난 배들 말고는 아무것도 남아 있지 않았다.

그 무렵, 다섯 번째 우주선이 떨어졌다. 이어 여섯 번째 것이

윔블던에 떨어졌다. 동생과 두 여인은 언덕 너머 저 멀리에서 초록색 불빛이 번쩍이는 것을 목격하였다. 화요일에 그들 일행은 바다를 건너기 위해 붐비는 시골길을 뚫고 나와 콜체스터로 향하고 있었다. 화성인들이 이제 런던 전체를 점령했다는 소식이 확인되었다.

그제야 피난민들은 식량이 필요하다는 사실을 절실히 깨달았다. 배고픔이 점점 심해지자 도둑질을 하기 시작했다. 농부들은 손에 총을 들고 가축과 곡식을 지켰다. 많은 사람들이 내 동생처럼 동쪽으로 가고 있었지만, 어떤 이들은 허기를 이기지 못하고 먹을 것을 구하러 런던으로 되돌아가기도 했다. 그들은 대부분 검은 독가스를 말로만 들었지 실제로 본 적이 없는 북쪽 교외 지역 사람들이었다.

동생은 정부 각료의 절반 정도가 잉글랜드 중부에 있는 버밍엄에 모여서 회의를 했다는 말을 들었다. 중부 지역에서 사용할 엄청난 양의 폭발물을 준비했다는 소식도 들렸다.

또 미들랜드 철도 회사가 다시 운행을 시작해 시민들을 세인트올번스에서 북쪽으로 실어 나른다고도 했다. 북부 도시에서는 굶주린 사람들에게 스물네 시간 안에 빵이 배급될 것이라는 벽보가 나붙었다.

하지만 동생은 탈출 계획을 바꾸지 않았다. 세 사람은 하루 종일 동쪽으로 계속해서 나아갔다. 빵 배급에 관한 이야기는 더 이상 들려오지 않았다. 정작 그곳에 사는 사람들은 아무도 그 소식을 듣지 못했다.

그날 밤 일곱 번째 우주선이 프림로즈 언덕에 떨어졌다. 엘핀스턴이 동생에게서 말 고삐를 넘겨받은 다음 마차를 몰다가 그 광경을 목격했다.

세 사람은 아직 여물지 않은 밀밭을 밤새 지나 수요일에는 첼름스퍼드에 도착했다. 이 마을에서는 자칭 '공공 물자 보급 위원회'의 회원이라는 사람들이 다음 날 식량을 나누어 준다고 하면서 그들의 말과 마차를 빼앗아 갔다. 세 사람은 허기가 져서 움직이기가 힘들었지만 계속해서 걸어 나갔다.

대여섯 시간을 더 걸어가자 눈앞에 바다가 나타났다. 항구에는 온갖 배들이 빽빽이 들어차 있었다.

삼 킬로미터쯤 떨어진 곳에는 전함 한 척이 있었다. '선더차일드'호였다. 눈에 보이는 전함은 이것뿐이었고, 아득히 먼 바다 위로 솟아오르는 검은 연기가 다른 전함들의 위치를 알려 주었다. 그 전함들은 화성인들의 침입을 막아 내려고 출동할 준비를 갖추고는 있었지만 공격을 막을 힘은 없었다.

엘핀스턴 부인은 바다를 보자 공포에 사로잡혔다. 그녀는 한 번도 영국을 벗어나 본 적이 없었다. 아는 사람도 없는 외국 땅으로 가느니 차라리 죽는 편이 낫다고 생각했다. 지난 이틀 동안 그녀는 점점 더 신경이 날카로워지고 우울해져 있었다. 오로

지 스탠모어로 돌아가야 한다는 생각밖에 없었다. 스탠모어에서는 언제나 모든 일이 안전했기 때문이다. 거기에 남아 있을 남편도 찾아야 했다.

　두 사람은 엘핀스턴 부인을 간신히 설득하여 해변으로 데려갔다. 거기서 동생은 템스 강에서 온 증기선 선원들의 환심을 사려고 노력했다. 오래지 않아 선원들은 증기선까지 타고 갈 조그만 보트를 보내 주었고 세 사람의 운임으로 삼십육 파운드를 요구했다. 그 증기선은 벨기에의 오스텐드 항구로 간다고 했다.

　동생이 돈을 내고 두 여자와 함께 배에 오른 시각은 오후 두 시경이었다. 배에는 음식이 있었다. 음식 값이 터무니없이 비싸기는 했지만 그들은 허기를 잠재우기 위해 한 끼 식사를 했다.

　배에는 벌써 마흔 명가량의 승객이 타고 있었다. 그들 가운데 몇몇은 남은 돈을 다 털어 뱃삯을 치렀다. 선장은 오후 다섯 시까지 배를 정박해 놓고는 위험할 정도로 많은 승객들을 태웠다. 남쪽에서 대포 소리가 들리지 않았다면 선장은 더 늑장을 부렸을지도 모른다. 선더차일드호도 대포를 발사하며 깃발을 올렸다. 엔진이 돌아가면서 굴뚝에서 연기가 솟아올랐다. 그와 동시에 멀리 남동쪽 방향에서 세 척의 전함이 검은 연기 아래 모습을 드러냈다.

　동생 일행이 탄 작은 증기선이 바다 쪽으로 움직이고 있을 때였다. 멀리 남쪽에서 화성인의 전투 기계 하나가 나타났다. 그놈은 해안을 따라 다가오고 있었다. 선장은 늑장을 부린 자신에게 화가 난 데다 두려움까지 겹쳐 욕설을 해 댔다. 배는 점점 속도가 붙기 시작했다.

그때 동생은 처음으로 화성인의 전투 기계를 보았다. 그는 그것이 두렵기보다 신기하게 느껴졌다. 그래서 그것들이 배들을 향해 바닷물 속으로 점점 깊숙이 걸어 들어오는 모습을 바라보며 한동안 서 있었다. 멀리서 또 한 놈이 작은 나무들을 넘어 성큼성큼 걸어왔다. 뒤이어 세 번째 전투 기계가 나타나 바다와 하늘 사이에 뻗은 개펄을 건너왔다. 그들은 피난민을 실은 배들을 모조리 휩쓸어 버릴 듯한 기세로 바다를 향해 거침없이 다가왔다.

잠시 후 북서쪽으로 눈을 돌린 동생은 다가오는 괴물에 기겁하여 혼비백산하는 배들을 보았다. 다른 배들을 앞질러 가는 배, 뱃머리를 돌리는 배, 기적을 울리고 증기를 내뿜으며 쏜살같이 달아나는 배…….

이런 광경을 바라보느라 미처 바다 쪽으로는 눈길을 주지 못했다. 그때 증기선이 다른 배에 부딪히지 않으려고 급하게 방향을 바꾸었다. 그 바람에 의자 위에 서 있던 동생은 앞으로 곤두박질치고 말았다. 배가 기우뚱거리자 동생은 중심을 잃고 갑판에서 굴렀다.

그때였다. 주변 사람들이 발을 구르며 비명을 질러 댔다. 동생은 간신히 일어나 오른쪽을 보았다. 백 미터도 채 떨어지지 않은 곳에서 거대한 전함이 물살을 가르며 돌진하고 있었다. 그것이 지나가면서 일으킨 거대한 물살이 동생이 탄 증기선을 뒤흔들었다.

거센 물거품이 걷힌 뒤 다시 보니, 전함은 어느새 증기선을 지나 육지로 질주하고 있었다. 이내 커다란 철 갑판이 드러나더니, 두 개의 굴뚝에서 불길과 검은 연기가 힘차게 뿜어 나왔다. 바로 위험에 빠진 배들을 구하려고 재빠르게 달려온 전함 선더차일드호였다.

그러는 사이에 세 대의 전투 기계는 서로 더 가까이 모여 있었다. 놈들은 긴 다리가 완전히 물에 잠길 정도로 깊이 들어와 있었다.

화성인들은 새로 등장한 상대에 조금 놀라는 듯했다. 그들의 눈에는 이 거대한 전함이 또 다른 외계 괴물로 비쳤을지도 모른다. 선더차일드호는 대포를 쏘지 않고 그저 전속력으로 그들을 향해 달려가기만 했다. 전함이 단 한 발이라도 쏘았다면 화성인들은 열 광선으로 전함을 날려 버렸을 것이다.

갑자기 맨 앞의 화성인 전투 기계가 들고 있던 튜브를 낮추더니 검은 독가스가 든 통을 전함 쪽으로 발사했다. 그것은 곧 전함의 왼쪽 뱃전에 명중했다. 그러자 통에서 시커먼 연기가 뿜어져 나왔다. 전함은 이 연기를 뚫고 전진했다. 증기선에서 이 광경을 보았을 때는 전함이 마치 전투 기계들 사이에 포위되어 있는 것처럼 보였다.

사람들은 물 위로 나온 화성인들의 몸체를 보았다. 한 놈이 카메라처럼 생긴 열 광선 발사 장치를 들어 올렸다. 그러고는 아래로 비스듬히 열 광선을 쏘았다. 광선이 수면을 때리자 물 기둥이 하늘로 치솟았다. 열 광선은 마치 불에 달구어진 철 막대가 종이를 꿰뚫듯 선더차일드호의 옆구리를 관통했다.

증기 사이로 불꽃이 솟았다. 그 순간 화성인의 전투 기계 하나가 휘청거리기 시작하더니 곧 바닷속으로 쓰러졌다. 거대한 물줄기와 증기가 솟구쳤다. 선더차일드호가 연달아 대포를 쏘아 댔다. 포탄 중 하나가 후퇴하는 전투 기계를 비껴 떨어지며 물보라를 일으켰다. 그 와중에 북쪽으로 날아간 포탄이 작은 배 한 대를 완전히 박살내 버렸다.

하지만 어느 누구도 개의치 않았다. 놈이 쓰러지자 선장은 환호성을 질렀고 승객들도 덩달아 한 목소리로 환호했다.

전함은 아직 움직일 수 있었다. 선더차일드호는 두 번째 전투 기계 쪽으로 돌진했다. 그러나 백 미터가량 앞에서 열 광선의 공격을 받았다. 꽝 하는 폭발음과 함께 눈부신 빛이 번쩍이더니 전함의 갑판과 굴뚝이 하늘 높이 튀어 올랐다. 놈은 그 격렬한 폭발에 잠시 비틀거렸다.

다음 순간, 불길에 휩싸인 전함이 그대로 놈을 들이받았다. 동생은 자기도 모르게 환호성을 질렀다. 순간 끓어오르는 수증기가 다시 모든 것을 가려 버렸다.

"두 놈을 해치웠다!"

선장이 고함쳤다.

사람들은 미친 듯이 환호했다. 주위에 있던 배에서도 너나 할 것 없이 기쁨의 함성이 터져 나왔다.

수증기가 온통 주위를 가려 세 번째 전투 기계도 해안도 보이지 않았다. 그 사이에 동생을 태운 배는 조금씩 전투 현장에서 멀어져 가고 있었다.

마침내 수증기가 걷혔으나 대신 검은 연기 구름이 시야를 가로막고 있어, 선더차일드호나 세 번째 화성인의 모습은 전혀 볼 수 없었다.

이미 저녁 해가 기울고 있었다. 해변이 점점 희미해지더니 마침내 낮은 구름에 가려 보이지 않았다. 그때 갑자기 금빛 노을을 뚫고 포성이 들리면서 검은 그림자가 희미하게 보였다. 약속이라도 한 듯 모두 뱃전으로 뛰어가 살펴보았지만 정체를 알 수는 없었다. 하늘로 비스듬히 올라가던 연기가 해를 가리자, 증기선은 불안감을 떨치지 못한 채 계속해서 앞으로 나아갔다.

잠시 후 해가 온전히 숨어 버리자 하늘이 검붉게 물들어 갔다. 이윽고 저녁 별이 살며시 나타났다. 그때 선장이 소리를 지르며 손가락으로 하늘을 가리켰다. 무언가가 어둑어둑한 하늘로 치솟아 올랐다. 크고 넓적하게 생긴 그 물체는 커다란 포물선을 그리며 점점 작아지더니 밤하늘 속으로 서서히 사라졌다. 곧 어둠이 땅 위를 덮었다.

제 11 장
화성인에게 짓밟힌 지구

 동생이 위험한 여정을 계속하는 동안, 나는 헬리퍼드에서 검은 독가스를 피해 빈 집으로 숨어 들었다. 목사와 함께였다. 우리는 일요일 밤부터 다음 날까지 그곳에 머물렀다. 그 집은 세상과 단절된 작은 섬 같았다. 기다리는 것 말고는 아무것도 할 수 없었던 우리는 몹시 지루하게 시간을 보내야 했다.
 아내에 대한 걱정이 머리에서 떠나지 않았다. 레더헤드에서 보았던 그녀의 얼굴이 자꾸만 어른거렸다. 겁에 질린 얼굴로 마치 내가 죽기라도 한 양 흐느끼던 모습……。
 나는 집 안 곳곳을 돌아다니며 큰 소리로 울었다. 아내를 다시 볼 수 없을지도 모른다는 생각에 자꾸 눈물이 났다. 사촌은 어떤 위급한 상황도 겁내지 않을 용감한 사람이긴 했다. 하지만 위험을 재빨리 감지하여 기민하게 대책을 세울 수 있을 만큼 순발력이 있지는 않았다.

그나마 한 가지 위안이 되는 것은 화성인들이 런던으로 가고 있으므로 아내가 있는 곳과는 점점 멀어지고 있다는 사실이었다. 그래도 이런 저런 걱정들이 마음을 떠나지 않아 신경이 곤두서서 힘들었다. 게다가 목사가 쉬지 않고 소리를 질러 대는 통에 더욱 지치고 화가 났다. 몇 번이나 위로를 해 주었지만 별 소용이 없었다. 결국 나는 그를 피해 다락방에 틀어박혀 지냈다.

우리는 줄곧 검은 연기에 에워싸여 있었다. 독가스는 강 쪽으로 서서히 다가오더니 급기야 월요일 아침에는 우리가 숨어 있는 집의 바깥 도로까지 흘러들었다.

정오쯤 화성인 하나가 벌판을 가로질러 오더니 닥치는 대로 열 광선을 쏘아 댔다. 벽에서 쉬익 하는 소리가 나더니 곧 유리창들이 박살났다. 목사는 거실로 나가려다 집 안에 스며든 열기에 손을 데고 말았다.

바깥을 내다보니 들판이 온통 검은 먼지로 뒤덮여 있었다. 그러나 시간이 흐르면서 우리는 독가스의 공포에서는 벗어났다는 사실을 깨달았다. 도망칠 길이 열리자 얼른 움직이고 싶어졌다. 하지만 목사가 탈이었다. 그는 정신이 오락가락해서 판단력이 흐려진 상태였다.

"여기에 있어야 안전해요. 여기가 제일 안전하다니까요."

그는 같은 말만 되풀이했다.

나는 그와 헤어지기로 마음먹었다. 전에 만났던 포병이 가르쳐 준 대로 식량과 마실 것을 챙기고, 화상 치료에 필요한 연고와 붕대를 챙겼다. 침실에서 모자와 와이셔츠도 찾아냈다. 목사는 내가 정말 혼자 떠날 생각인 것을 알고는 갑자기 함께 가겠다고 했다. 그날 오후에는 주위가 사뭇 조용했다. 우리는 다섯 시경에 그 집을 나온 다음 검은 먼지로 덮인 도로를 따라 선베리로 갔다.

선베리로 이어지는 도로에는 사람과 말의 시체에다 뒤집힌 마차, 널브러진 짐 들이 즐비했다. 그 위에는 검은 먼지가 두껍게 내려앉아 있었다. 온통 잿더미로 변한 거리를 보자 폼페이의 최후를 묘사한 글이 떠올랐다.

작은 마을들을 지나면서 살아남은 사람들을 몇 명 만나기는 했지만, 새로운 소식을 알고 있는 사람은 아무도 없었다. 그들도 우리와 마찬가지로 검은 연기가 뜸한 틈을 타서 이곳저곳으로 옮겨 다니고 있는 중이었다. 곳곳에 사람들이 황망히 떠난 흔적들이 남아 있었다.

우리는 여덟 시 삼십 분경 리치먼드 다리를 건넜다. 강물을 따라 커다란 붉은 덩어리들이 흘러 내려가고 있었다. 그것이 무엇인지는 정확히 알 수 없었지만 소름 끼치는 느낌을 주었다.

북쪽으로 걸어가고 있을 때였다. 갑자기 사람들이 뛰기 시작했다. 지붕들 위로 화성인의 전투 기계 윗부분이 보였다. 우리에게서 채 백 미터도 떨어지지 않은 곳이었다. 나와 목사는 너무 놀라 얼어붙은 듯 제자리에 멈춰 섰다. 화성인 기계가 우리 쪽을 내려다보았다면 우린 아마 그 자리에서 죽었을 것이다. 우리는 두려워 어쩔 줄을 모르다가 정원의 덤불 속에 몸을 숨겼다. 목사는 몸을 웅크린 채 조용히 흐느끼며 꼼짝도 하지 않았다.

땅거미가 지자 나는 레더헤드로 가기 위해 다시 길을 나섰다. 짐짓 목사를 남겨 두고 떠났지만 이번에도 그는 허겁지겁 나를 따라왔다.

하지만 그때 길을 나선 것은 무척 어리석은 짓이었다. 화성인의 전투 기계들이 가까운 곳에 쫙 깔려 있었기 때문이다. 목사가 내 곁에 바싹 붙었을 때, 들판 위로 전투 기계가 나타났다. 그와 동시에 네댓 개의 검은 형체가 들판을 급히 달려가고 있었다. 전투 기계가 그들을 뒤쫓고 있다는 것을 금방 알아차릴 수 있었다.

전투 기계가 단 세 걸음 만에 그들을 따라잡자, 사람들은 뿔뿔이 흩어져 달아났다. 이번에는 화성인이 열 광선을 쓰지 않았다. 대신 한 사람씩 집어 올리더니 등에 매달린 커다란 금속 상자에 그들을 던져 넣었다.

나는 그때 처음으로 화성인들의 목적이 인간을 몰살하는 것이 아닐지도 모른다는 생각이 들었다. 우리는 한동안 넋을 잃은 채 서 있었다. 그러다 황급히 뒤로 돌아 어느 집 대문을 열고 정원으로 뛰어 들어갔다. 그곳에서 별이 뜰 때까지 꼼짝하지 않고 숨어 있었다.

밤 열한 시가 다 되어서야 가까스로 출발할 용기가 생겼다. 우리는 도로로 나서지 않고 나무 울타리와 수풀을 헤치며 농장들을 가로질러 갔다. 화성인들이 언제 나타날지 몰라서 나는 왼쪽을, 목사는 오른쪽을 주의 깊게 살폈다. 불에 타 거뭇거뭇해진 곳에 새카맣게 타 버린 시체들이 흩어져 있었으며, 부서진 대포와 박살난 수레 뒤쪽으로는 죽은 말들도 쓰러져 있었다.

쉬인 지역은 쥐 죽은 듯 고요했다. 아직 공격을 받지 않은 듯했다. 어두워서 제대로 살필 수는 없었으나 시체는 없는 것 같았다. 그런데 갑자기 목사가 피곤하고 목이 마르다고 하는 바람에 우리는 근처의 한 집을 골라 들어가기로 했다.

우리가 고른 곳은 담장으로 둘러싸여 있고 정원이 잘 꾸며져 있는 집이었다. 부엌에는 그런대로 먹을 것이 넉넉했다. 빵 두 덩어리와 생고기, 햄 반 토막 등이 남아 있었다. 병 맥주가 선반 아래 놓여 있었고, 콩 두 자루와 시든 양상추도 있었다. 찬장에는 포도주 여섯 병, 수프와 연어 통조림, 비스킷 두 통이 있었다.

우리는 부엌에 앉아 차디찬 음식으로 아쉬운 대로 요기를 했다. 어두웠지만 불을 켤 엄두는 차마 내지 못했다. 우리는 빵과

햄을 먹고 맥주를 나누어 마셨다. 목사는 아직도 겁먹은 표정이었지만 이상할 정도로 활기가 넘쳐 보였다. 나는 나중에 어떤 일이 생길지 모르니 음식을 충분히 먹어 두라고 했다.

바로 그때였다. 갑자기 눈부신 초록색 빛이 부엌을 비추고는 순식간에 사라졌다. 곧이어 엄청난 진동이 집을 덮쳤다. 그렇게 큰 진동은 그 전에도 후에도 느껴 본 적이 없었다.

무슨 일인지 몰라 어리둥절해하고 있는 사이 꽝 하는 소리가 나더니 유리창이 깨지고 벽이 허물어졌다. 뒤이어 천장이 무너져 내리면서 그 파편들이 머리 위로 우수수 떨어졌다. 그와 동시에 나는 마룻바닥에 나동그라지면서 오븐에 머리를 찧었다.

그 뒤로 한참이나 정신을 잃고 누워 있었던 모양이다. 눈을 떠 보니 목사가 물수건으로 내 얼굴을 조심스레 닦고 있었다. 그는 이마에 상처가 나서 얼굴이 피로 얼룩져 있었다.

나는 무슨 일이 있었는지 잘 기억이 나지 않았다.

"괜찮아요?"

목사가 물었다. 나는 간신히 괜찮다고 대답하고는 자리에서 일어나 앉았다.

"가만히 있어요. 바닥에 깨진 그릇 조각들이 널려 있어요. 움직이면 소리가 날 거예요. 지금 밖에 놈들이 있는 것 같거든요."

우리는 조용히 앉아 있었다. 상대방의 숨소리조차 들을 수 없을 지경이었다. 집 밖 아주 가까운 곳에서 이따금 기계 소리 같은 것이 들렸다.

"저게 무슨 소리죠?"

나는 숨을 죽이고 물었다.

"화성인이오!"

목사가 속삭였다. 나는 다시 귀를 기울이며 말했다.

"열 광선 같지는 않은데……."

우리는 그때 뭐가 어떻게 된 것인지 도무지 알 수가 없었다. 나는 막연히 전투 기계가 집 위로 쓰러졌을지도 모른다고 생각했다. 우리는 다음 날 새벽 동이 틀 때까지 서너 시간 동안 꼼짝도 하지 않았다.

시간이 얼마나 지났을까. 무너진 벽에 생긴 조그만 틈으로 햇빛이 새어 들어왔다. 창문은 정원에서 날아온 흙더미로 꽉 막혀 있었다. 벽에 난 틈으로 화성인 전투 기계 하나가 보였다. 놈은 아직 열기가 식지 않은 원통 우주선 위에 서 있었다. 아마도 보초를 서는 것 같았다. 우리는 주위를 살피며 살금살금 부엌에서 빠져나와 어두운 거실로 갔다.

그 순간 퍼뜩 머리를 스치는 게 있었다.

"다섯 번째 우주선입니다!"

나는 나지막이 부르짖었다.

"그게 이 집을 덮친 거예요. 우리가 그 아래에 깔려 있고요!"

목사는 한동안 입을 열지 못하다가 이렇게 중얼거렸다.

"하느님, 자비를 베푸소서!"

우리는 몇 시간을 그곳 어둠 속에서 보냈다. 밖에서는 한동안 망치질 소리가 계속되더니, 얼마 뒤에는 엔진 소리 같은 것이 들렸다. 알 수 없는 그 소리는 계속 이어졌다. 그리고 차츰차츰 간격이 잦아졌다. 쿵쿵거리는 울림에 그릇들이 달그락거렸다.

날이 저물 무렵이 되자 배가 몹시 고팠다. 나는 목사에게 먹을 것을 찾으러 간다고 말하고는 부엌으로 들어갔다. 목사는 아무런 대꾸도 하지 않았다. 하지만 내가 음식을 찾아 먹기 시작하자 부엌으로 기어오는 소리가 들렸다.

음식을 먹은 뒤 우리는 거실로 다시 기어왔다. 아마 깜박 잠이 들었나 보다. 정신을 차리고 둘러보니 나 혼자였다. 부엌으로 기어가 보니, 목사가 몸을 잔뜩 웅크리고는 벽에 난 틈새로 화성인들을 내다보고 있었다.

다시 소음이 들려오기 시작했다. 쿵쿵거리는 소리로 온 집이 흔들렸다. 벽 틈새로 내다보니 나무 꼭대기가 저녁 햇살을 받아 금빛으로 물들어 있었고 하늘은 따스한 푸른빛이었다. 나는 바닥에 널린 그릇 조각들을 조심스레 피해 목사에게 다가갔다.

목사의 다리를 살짝 건드리자 그는 화들짝 놀라 몸을 돌이켰다. 그 바람에 벽돌이 요란한 소리를 내며 밖으로 쏟아졌다. 나는 그가 비명을 지를까 봐 얼른 그의 팔을 움켜쥐었다. 그 상태로 우리는 오랫동안 죽은 듯이 웅크리고 있었다.

그러다 조심스레 고개를 들고는 우리를 가려 주는 벽이 얼마나 남아 있는지 둘러보았다. 벽돌이 떨어지는 바람에 벽에 금이 또 하나 가 있었다. 그 틈새로 지난밤까지만 해도 한적하던 시골길에 무슨 일이 일어났는지 볼 수 있었다. 정말, 엄청난 변화였다.

다섯 번째 원통 우주선은 우리가 숨어 있는 집의 지붕 위로 떨어진 것이 아니었다. 바로 옆집 지붕 위에 떨어졌다. 그 집은 완전히 박살이 나서 흔적도 없었다.

우주선은 건물이 있던 자리에 처박혀 거대한 구덩이를 만들었다. 그 구덩이는 내가 호셀 벌판에서 보았던 것보다 훨씬 크고 깊었다. 추락할 때 받은 엄청난 충격으로 흙덩이들이 사방으로 날아갔다. 주변의 집들은 그 흙더미에 깔려 하나도 보이지 않았다.

우리가 숨어 있는 집은 뒤쪽이 심하게 무너졌고, 앞부분은 일층까지 부서졌다. 다행히 부엌은 부서지지 않고 흙과 벽돌 더미에 묻힌 채 그대로 남아 있었다. 그러니까 우리는 화성인들이 뭔지 모르지만 열심히 일을 하고 있는 거대한 구덩이의 가장자리에 있는 셈이었다.

구덩이 한가운데에 있는 원통 우주선은 이미 열려 있었다. 건너편, 즉 자갈이 수북이 쌓인 숲 사이로 거대한 전투 기계가 보였다. 화성인이 타고 있지 않은 그 기계는 저녁 하늘을 배경으로 우뚝 서 있었다.

처음에는 구덩이와 원통 우주선을 잘 알아볼 수 없었다. 구덩이 속에서 번쩍거리는 낯선 기계에 눈이 부셨기 때문이다. 땅바닥에서 느릿느릿 기어 다니는 이상한 생물체도 처음에는 눈에 잘 띄지 않았다.

번쩍거리는 기계는 생김새가 거미와 비슷했다. 다섯 개의 관절이 있는 민첩한 다리, 수많은 연결 장치와 가로 막대, 그리고 수많은 촉수가 달려 있었다. 기계는 그 가운데에서 특별히 긴 세 개의 촉수들을 이용하여 원통 우주선에서 금속판들을 꺼낸 다음 뒤쪽의 땅바닥에 내려놓았다. 그 금속판들은 우주선의 바깥 벽을 보강하는 데 쓰였다.

얼마나 빠르고 정확하게 일을 하는지, 기계라는 생각이 들지 않을 정도였다. 전투 기계도 놀라웠지만 이 조립 기계에 비하면 아무것도 아니었다.

그것들은 독특한 소리를 내면서 서로 도와 움직였다. 지구상의 어떤 것에도 비교해서 말할 수 없는 모습이었다. 이 광경을 보지 못한 사람들은 그것이 어떤 느낌인지 상상하기 어려울 것이다. 그 뒤로 책이나 신문에서 묘사한 모습들은 실제로 내가 본 것과 크게 다르다는 사실만은 여기서 밝혀 두고 싶다.

앞에서 말했듯이, 나는 화성인을 직접 보았다. 아주 잠깐 보았을 뿐이지만 그 모습은 구역질이 날 정도였다. 하지만 이제는 어느 정도 익숙해졌다. 게다가 눈에 띄지 않는 곳에 있었으므로 오히려 여유를 갖고 제대로 관찰할 수 있었다.

그들은 지구상의 생물체와는 완전히 다른, 상상을 뛰어넘는 생김새를 갖고 있다. 우선 지름이 일 미터 오십 센티미터쯤 되는 커다랗고 둥그런 몸통이 있다. 아니, 몸통이자 얼굴인 셈이었다. 얼굴에 콧구멍이 없는 것으로 보아 냄새를 맡는 감각이 없는 듯했다. 대신 아주 크고 검은 두 눈이 있고, 그 바로 아래에 부리처럼 생긴 살덩어리가 붙어 있었다. 머리 혹은 몸통 뒤쪽에는 팽팽한 고막 같은 것이 하나 붙어 있었다. 나중에 그것은 귀로 밝혀졌다. 입 둘레에는 가느다란 채찍처럼 생긴 촉수가 양쪽으로 여덟 개씩 모두 열여섯 개가 달려 있었다. 이것들이 손 구실을 하였다.

화성인들은 촉수처럼 생긴 손으로 바닥을 짚고 구덩이에서 일어서려고 안간힘을 쓰고 있었다. 하지만 화성보다 지구의 중력이 훨씬 더 강하기 때문에 일어설 수가 없었다. 화성에서라면 아주 쉽게 일어나 움직였을 것이다.

화성인의 내부 기관은 아주 단순했다. 이것은 훗날 해부하는 과정에서 드러난 사실이다. 신기하게도 인간의 몸에서 많은 부분을 차지하는 복잡한 소화 기관이 그들에게는 없었다. 가장 큰 부분은 뇌로, 수많은 신경이 눈, 귀, 촉수 들과 연결되어 있었다.

그 옆에는 거대한 폐가 있었는데, 그것은 입과 심장, 그리고 혈관 등과 이어져 있었다.

그들은 먹지 않았기 때문에 소화할 필요가 없었고, 그 대신 다른 생물체의 신선한 피를 뽑아 자신의 혈관에 주입했다. 나는 그 장면을 두 눈으로 똑똑히 보았다. 그러나 너무나 끔찍해서 차마 눈 뜨고 계속 지켜볼 수 없었기에 자세히 묘사하고 싶지는 않다. 다만 좁은 관을 통해 인간에게서 피를 뽑아 필요한 기관에 공급했다는 말 정도만 해 두겠다.

생각만 해도 소름 끼치는 일이다. 하지만 소나 돼지, 토끼의 관점에서 본다면 인간이 고기를 먹는 관습 역시 얼마나 혐오스럽게 여겨질지 생각해 보아야 할 것이다.

덧붙여, 그 당시에는 잘 몰랐던 사실을 말해 두겠다. 그들은 해부학적으로 세 가지 점에서 우리와 달랐다. 우선 그들은 잠을 자지 않았다. 신체가 아주 단순해서 기운이 빠지는 법이 없는 것 같았다. 지구에서는 몸무게가 늘어나 움직일 때 힘을 써야 했지만, 일을 다 마치고 난 다음에도 여전히 기운이 왕성했다. 그들은 하루도 빠짐없이 스물네 시간 내내 활동했다. 마치 개미처럼 말이다.

그리고 신기하게도 그들에게는 성별이 없었다. 전쟁 중에 지구에서 어린 화성인이 태어났다. 화성인의 몸체에서 마치 식물의 싹처럼 돋아나 자라나는 것이 발견되었다.

여기서 어느 작가가 썼던 글을 돌이켜보는 것도 나쁘지 않을 것 같다. 화성인들이 쳐들어오기 오래전, 그 작가는 인간이 앞으로 진화할 모습을 예측한 적이 있었다. 그가 예측한 인간의 모습은 지금 화성인들의 모습과 별반 다르지 않았다. 그는 훗날 완벽한 기계 장치들이 인간의 팔다리를 대신하게 될 것이라고 예언했고, 화학적 반응을 통해 소화 과정도 완전하게 이루어질 것이라고 말했다. 또한 머리카락, 코, 치아, 귀, 턱과 같은 기관들은 더 이상 인간에게 필수적인 부분이 아니며, 세월이 흐르면서 점차 퇴화할 것이라고 했다.

그러나 뇌는 없어서는 안 될 부분으로 꼭 살아남을 것이며, '뇌의 스승이자 대리인'인 손 역시 끝까지 살아남을 것이라고 추측했다. 손은 다른 신체 기관들이 퇴화하는 동안에도 점점 길어질 것이라고 했다.

그 작가가 농담처럼 쓴 그 글에는 많은 진실이 담겨 있었다. 나는 화성인이 우리와 비슷한 생물체에서 진화했으리라고 믿는다. 아마 몸의 다른 부분은 퇴화하고, 그 대신 뇌와 손이 더 발달했을 것이다. 특히 손은 지금처럼 두 덩어리로 나뉜 섬세한 촉수가 되었을 것이다.

인간과 다른 화성인의 마지막 특징으로, 화성에는 지구에서 많은 질병과 고통을 일으키는 미생물이 아예 없었거나 오래전에 박멸한 것 같았다. 수백 가지의 열병과 전염병, 폐결핵, 종양

등은 그들의 몸에 침입하지 못했다.

화성과 지구의 생물이 서로 어떻게 다른지 이야기하면서, 붉은 식물에 관한 사실을 빼놓을 수 없다.

화성의 식물계는 지구의 식물처럼 초록빛이 아니라 붉은빛이었다. 일부러 가져왔는지 우연히 딸려 왔는지는 모르겠지만, 화성인들이 가져온 식물의 씨앗은 지구에서 빠르게 자라 왕성하게 퍼져 나갔다.

'붉은 잡초'로만 알려진 그 식물은 목사와 내가 숨어 있던 집 쪽으로도 번져 왔다. 선인장처럼 생긴 가지는 우리가 밖을 내다보던 틈새의 가장자리까지 뻗어 왔다. 나중에 안 일이지만 붉은 잡초는 온 나라에 번식했으며, 특히 물이 흐르는 곳이면 어디에서든 자라났다.

사람들은 화성인들이 소리를 내거나 촉수를 움직여서 의사소통을 한다고 생각했다. 하지만 살아남은 사람들 가운데 나만큼 화성인을 주의 깊게 살펴본 사람은 없을 것이다. 나는 화성인들이 네댓 명씩, 때로는 여섯 명씩 모여 매우 복잡한 작업을 아주 느긋하게 하는 것을 본 적이 있다. 그들은 서로에게 아무런 신호도 보내지 않았다. 단지 영양분, 즉 혈액을 섭취하기 전에 특이한 소리를 냈는데, 그것은 피를 빨아들이기 전에 숨을 내쉬면서 나는 소리인 것 같았다.

그리고 화성인들은 옷을 입지 않았다. 몸치장이나 예의에 대한 관념이 우리와는 완전히 달랐다. 그들은 기온 변화에 우리보다 덜 민감했으며, 기압 역시 그들의 건강에 그다지 영향을 미치지 않는 듯했다.

그들은 옷을 입지 않는 대신, 몸 안에 보조 장치를 달았다. 그것이 인간보다 뛰어난 점이었다. 우리가 이용하는 자전거와 롤러스케이트, 대포, 총 등은 화성인들의 기계에 비하면 원시적인 수준에 지나지 않았다.

화성인들의 몸은 사실상 전체가 뇌로 변해 버렸다고 할 수 있다. 이 뇌가 필요에 따라 적절한 몸체의 형태를 갖추었다. 마치 우리가 체온 조절을 위해 옷을 입거나 빨리 가기 위해 자전거를 타거나 비 오는 날에 젖을까 봐 우산을 쓰듯이 말이다.

흥미로운 점은, 인간이 발명한 것들 가운데 유용한 도구 중 하나인 바퀴가 화성인들에게는 없다는 것이다. 그들이 어떤 교통수단에도 바퀴를 쓰지 않았으며 바퀴의 존재를 아예 알지도 못했다는 점은 신기하기 짝이 없다.

뿐만 아니라 그들의 기계 장비에는 고정된 축이 없었다. 거의 모든 기계의 마디마디가 대단히 정교한 구조로 되어 있었고, 이것들이 조그만 마찰 베어링 위로 미끄러지듯 움직였다. 모든 움직이는 기계의 지레 장치는 피부에 싸인 둥근 연골과 비슷했다.

그 부분에 전류를 흘려보내면 당기거나 미는 힘이 생기기 때문에 근육처럼 자유롭게 움직일 수 있었다. 그것이 인간의 눈에는 놀랍고도 신기해 보였던 것이다. 내가 벽에 난 틈새로 보았던 조립 기계가 바로 그런 방식으로 작동했다. 그 기계는 헐떡거리며 촉수나 휘젓던 화성인보다 훨씬 활기차게 움직였다.

내가 햇빛 속에서 느릿느릿 움직이고 있는 그들을 한동안 지켜보고 있는데, 목사가 내 팔을 잡아당겼다. 돌아보니 몹시 못마땅해 하는 표정으로 입술만 살짝 움직여 내게 무슨 말을 했다. 그도 밖에서 무슨 일이 벌어지는지 궁금했던 것이다. 벽에 난 틈이 그리 넓지 않아 둘이서 함께 내다보기는 어려웠다. 나는 잠시 바깥 구경을 멈추고 목사에게 자리를 비켜 주었다.

얼마 후 내 차례가 되어 다시 밖을 내다보니 아까 바쁘게 움직이던 조립 기계가 원통 우주선 안에서 꺼낸 금속 조각들을 조립하여 자기와 닮은 기계 하나를 만들어 놓았다.

왼쪽 아래에서 열심히 땅을 파고 있는 기계 하나가 눈에 들어왔다. 그것은 초록빛 연기를 내뿜으며 규칙적으로 구덩이 주위를 돌면서 흙을 파내어 한곳에 쌓았다. 바로 그곳에서 쿵쿵거리는 소리가 들렸던 것이다. 삐 소리와 휘파람 소리도 났다. 그 기계는 화성인의 지시 없이 스스로 일을 해 나갔다.

제 12 장
갇혀 지낸 날들

　두 번째 전투 기계가 도착하자마자 우리는 부엌에서 나와 얼른 거실로 갔다. 높은 곳에 있는 화성인이 벽 너머로 우리를 발견할지도 모른다는 생각이 들어서였다.
　시간이 흐르자 그나마 조금 마음이 놓였다. 햇살이 강해지면서 바깥은 눈이 부셨지만 집 안은 어두워 보일 것이기 때문이었다. 우리는 위험한 가운데서도 궁금증을 억누르지 못하고 자꾸만 부엌으로 돌아갔다. 바깥을 내다보고 싶은 마음에 몇 센티미터밖에 안 되는 틈새를 두고 둘이서 실랑이를 하기도 했다. 그러다가도 무엇이든 집 쪽으로 다가오는 기색이 있으면 더럭 겁이 나서 얼른 거실로 피하곤 했다.

나와 목사는 사고 방식이나 행동이 크게 달랐다. 특히나 위험한 장소에서 함께 지내다 보니 의견 충돌이 더 많았다. 목사는 끝도 없이 말을 해 대는 사람이었다. 그런 탓에 나는 차분히 행동을 계획할 수가 없었고 시시때때로 화가 치밀어 올랐다. 그는 자제력이 전혀 없었는데, 가끔은 몇 시간씩 흐느끼기도 했다. 먹는 양도 나보다 훨씬 많았다. 화성인들이 작업을 마칠 때까지 이 집에 숨어 지내야 하기 때문에 음식을 아껴 먹어야 한다고 누누이 말했지만 아무런 소용이 없었다.

하루하루가 지날수록 그는 점점 주의력을 잃고 미쳐 갔다. 그 때문에 우리는 더욱 위험한 상황에 놓였다. 나는 본의 아니게 그를 협박하기도 하고 때리기도 했다. 그러고 나면 잠시나마 조심을 하는 것 같았다.

사람들이 처음으로 구덩이로 끌려왔을 때, 목사가 벽에 난 틈새로 그 모습을 지켜보고 있었다. 나는 귀를 곤두세운 채 벽 아래쪽에 웅크리고 앉아 있었다. 그때 갑자기 그가 움찔 뒤로 물러났다. 순간 들킨 게 아닌가 싶어 나도 모르게 몸이 움츠러들었다. 그러나 그것도 잠시, 나는 호기심을 누르지 못하고 자리에서 일어나 틈새에 눈을 갖다 댔다.

처음에는 목사가 왜 그렇게 놀랐는지 알 수가 없었다. 밖에는 어둠이 깔리기 시작했다. 그러나 구덩이 안은 초록색 불빛으로 환하게 빛났다. 사방에서 불빛과 그림자가 너울거리는 바람에 자세한 것은 잘 보이지 않았다. 구덩이 주변에 흙더미가 높게 쌓여 있어서 그 안에 있는 화성인은 아예 보이지도 않았다. 다리가 접힌 전투 기계 한 대가 구덩이의 한구석에 서 있었다. 기계들이 내는 소음 너머로 어렴풋이 사람의 목소리가 들렸다. 처음에는 사람이 있을 리 없다고 생각했기에 대수롭지 않게 여기고 넘어갔다.

나는 전투 기계를 유심히 바라보았다. 그 안에 화성인이 타고 있었다. 화성인의 번들거리는 피부와 번쩍이는 두 눈이 바라다 보였다.

그 순간 느닷없이 비명이 들려왔다. 가만히 살펴보니 화성인의 기다란 촉수 하나가 기계의 어깨 뒤로 넘어가 등에 걸머진 작은 상자 쪽으로 움직이고 있었다. 그곳에서 격렬하게 발버둥치는 물체를 번쩍 들어 올리더니 다시 내려놓았다.

놀랍게도 그것은 사람이었다! 얼굴이 벌겋게 달아오른 그 사람은 뚱뚱한 체격에 비교적 옷을 잘 차려입은 중년의 남자였다. 며칠 전까지만 해도 그는 나름대로 저명 인사였을지도 몰랐다. 그는 곧 흙더미 뒤로 사라졌고 잠시 동안 정적이 흘렀다. 이윽고 그 남자의 외마디 비명과 함께 화성인들의 기이한 외침이 터져 나왔다.

나는 두 손으로 귀를 틀어막고 거실로 뛰어 들어갔다. 두 팔로 머리를 감싼 채 꼼짝않고 웅크리고 있던 목사가 나를 물끄러미

올려다보았다. 그러더니 자리에서 벌떡 일어나 울면서 나를 따라왔다.

그날 밤 나는 뭔가 대책을 세워야겠다는 생각이 들었다. 그러나 딱히 탈출할 방법이 떠오르지는 않았다.

이튿날에는 우리가 처한 상황을 더욱 분명하게 확인할 수 있었다. 그러나 목사는 의논할 만한 상대가 아니었다. 화성인에게 사람이 무참하게 살해당하는 것을 보고 난 뒤로 생각할 수 있는 능력을 아예 잃어버린 듯했다. 사실상 이제는 짐승이나 다름없었다.

그러나 나는 마음을 다잡았다. 아직 희망을 포기할 때가 아니라고 생각했다. 화성인들은 이 구덩이에 얼마간 머물다 다른 곳으로 이동할 가능성이 얼마든지 있었다. 설령 이곳에 계속 머무른다 해도 스물네 시간 동안 꼬박 보초를 설 이유가 없다고 판단하게 된다면 얼마든지 탈출할 기회를 잡을 수 있을 것이다.

셋째 날 한 청년이 화성인의 먹이가 되는 장면을 목격한 뒤로, 나는 거의 하루 종일 벽에 난 틈새를 피해 다녔다.

화성인들에게서 받은 충격이 얼마나 컸던지, 한동안은 탈출할 방법을 찾는 일조차 무의미하게 느껴졌다. 우리에게 아무런 희망도 남아 있지 않은 것 같았다. 그러다가 네 번째 날 밤인가 다섯 번째 날 밤에 멀리서 대포 소리가 들려왔다.

꽤 깊은 밤이었고 달이 아주 밝았다. 화성인들은 구덩이를 파던 기계는 이미 거두어들였고, 전투 기계는 구덩이에서 멀리 떨어진 곳에 세워 두고 있었다. 보이지 않는 곳에서 바삐 움직이는 조립 기계 말고는 근처에 아무것도 없었다.

그때 어디선가 개 짖는 소리가 들렸다. 그 익숙한 소리에 나도 모르게 귀를 기울였다. 곧이어 먼 곳에서 대포 소리가 들렸다. 나는 여섯 번의 포성을 하나하나 세면서 들었다. 얼마 후 같은 소리가 여섯 번 더 울렸다. 그것이 전부였다.

갇혀 지낸 지 엿새째, 바깥을 내다보다 문득 뒤를 돌아보니 뜻밖에도 나 혼자뿐이었다. 늘 옆에 바짝 붙어 앉아 나를 밀어내려고 안간힘을 쓰던 목사가 어느 사이 거실로 가 버린 것이었다. 그 순간 불현듯 머리를 스치는 것이 있었다. 나는 재빨리 거실로 가 보았다. 목사가 어둠 속에 홀로 앉아 무언가를 들이켜는 소리가 들렸다. 포도주였다. 나는 얼른 손을 뻗어 포도주 병을 빼앗으려 했다.

우리는 병을 잡고 몇 분 동안 실랑이를 벌였다. 그러다 병이 바닥에 떨어져 깨지고 나서야 나는 단념을 하고 일어섰다. 우리는 숨을 거칠게 몰아쉬며 잠시 동안 서로를 노려보았다. 그러다 나는 음식이 있는 곳을 막아선 채 어떻게든 그를 설득하려 노력했다.

나는 찬장에 있는 음식을 열흘 동안 먹을 수 있도록 나누어 놓앉다. 그날은 더 이상 먹지 못하게 할 작정이었다. 오후가 되자 그는 음식을 먹지 못해 안달이었다. 나는 잠깐 눈을 붙이다가도 수상쩍은 낌새가 느껴지면 곧바로 깨어났다. 낮이고 밤이고 항상 얼굴을 맞대고 있는 셈이었다. 피곤한 일이긴 했지만, 살아남기 위해선 정해 놓은 규칙을 포기할 수 없었다.

목사는 울면서 배가 고파 죽겠다고 투덜댔다. 알아듣기 힘든 말을 혼자서 지껄여 대기도 했다. 긴 신경전을 벌인 끝에 주먹질을 하기도 하고 살살 달래기도 해 보았지만 결국은 아무런 소용이 없었다. 그는 이미 제정신이 아니었다.

그로부터 이틀이 더 지나자 목사는 아예 큰 소리로 떠들어 대기 시작했다.

"옳습니다, 하느님! 저희는 벌을 받아 마땅합니다. 저희는 가난과 슬픔을 못 본 체하였습니다. 가난한 자들이 땅바닥에서 짓밟히고 있었음에도 저는 어리석은 설교만 늘어놓았습니다. 오, 하느님!"

그는 그렇게 하느님께 기도하며 울다가, 갑자기 내게로 돌아서서 통사정을 하기도 하고 협박을 하기도 했다. 그러다가 지치면 곯아떨어지곤 했는데, 깨어나면 더 심하게 소란을 피워 댔다. 너무 큰 소리로 떠들어 그를 말리지 않을 수 없었다.

"제발 조용히 좀 계세요!"

나는 애원하다시피 말했다. 목사는 갑자기 바닥에 무릎을 꿇고 앉았다.

"너무 오랫동안 조용히 있었소."

그는 구덩이까지 들릴 정도로 목소리를 높였다.

"이제 세상 사람들에게 알려야겠소. 우리 인간이 저지른 악행 때문에 이 땅은 파멸하고 말 거요!"

"입 닥쳐요!"

나는 화성인에게 들릴까 봐 나지막이 힘주어 말했다.

"제발······."

"안 돼!"

목사는 있는 힘껏 소리를 질렀다.

"말해야 돼! 하느님의 말씀이 내게 내리셨소!"

그는 부엌으로 뚜벅뚜벅 걸어가더니 문 앞에 멈추어 섰다. 나는 그를 따라가다가 벽에 걸린 식칼을 집어들었다. 그러고는 그에게 바짝 다가선 다음 칼자루로 뒤통수를 내리쳤다. 그는 그대로 고꾸라져 바닥에 널브러졌다. 나는 그 옆에 주저앉아 한참 동안 가쁜 숨을 몰아쉬었다. 그는 꼼짝도 하지 않았다.

그때 밖에서 무슨 소리가 들리더니 벽에 난 틈새가 갑자기 어두워졌다. 깜짝 놀라 고개를 들자, 조립 기계의 아랫부분이 천천히 틈새 쪽으로 다가오는 것이 보였다. 물체를 잡는 기능을 하는 촉수 하나가 건물의 잔해 사이에서 구불거렸다. 곧 다른 촉수가 나타나더니 틈새로 미끄러져 들어왔다.

나는 무서워서 몸이 얼어붙은 채 멍하니 그 광경을 바라보았다. 깨진 유리 조각에 화성인의 얼굴과 커다란 눈이 비쳤다. 나는 간신히 정신을 차린 다음, 황급히 몸을 돌려 거실 문 앞으로 갔다. 촉수는 이 미터쯤 안으로 들어와 이리저리 움직였다. 나는 다시 거실의 한가운데로 들어갔다. 온몸이 부들부들 떨려서 제대로 서 있기조차 힘들었다.

'화성인이 나를 보았을까? 저놈이 지금 뭘 하려는 것일까?'

다음 순간, 무거운 몸뚱이가 부엌 바닥에서 입구 쪽으로 질질 끌려 나가는 소리가 들렸다. 누구의 몸뚱이인지는 분명했다. 나는 호기심을 이기지 못하고 부엌 쪽으로 기어가 가만히 들여다보았다. 화성인이 목사의 머리를 살펴보고 있었다. 목사의 머리에 난 상처 때문에 내가 여기 있는 것을 화성인이 알아차릴지도 모른다는 생각이 들었다.

나는 거실로 돌아와 문을 걸어 잠그고 구석에 깊이 숨었다. 이내 무슨 소리가 들렸다. 촉수가 부엌을 가로질러 아주 가까이 다가온 듯했다. 이제 발각되는 것은 시간 문제일지도 몰랐다. 나는 촉수가 내 몸에 닿지 않기를 간절히 기도했다.

그때 화성인이 문의 손잡이를 건드리는 소리가 났다. 문을 찾아낸 것이다! 화성인들은 문이 무엇인지 알고 있었던 모양이다! 손잡이를 잠시 만지작거리는 소리가 나더니 곧이어 문이 활짝 열려 버렸다.

나는 어둠 속에서 그 물체를 보았다. 코끼리 코처럼 생긴 것이 내 쪽으로 구불구불 다가오면서 벽과 석탄, 땔감, 천장 등을 더듬어 살폈다. 심지어 그것은 내가 신은 장화까지 건드렸다. 나는 하마터면 비명을 지를 뻔했다. 나는 소리를 내지 않으려고 손을 꽉 물었다. 촉수는 한동안 움직이지 않았다. 그러더니 이윽고 문을 통해 스르르 물러났다.

이제 식품이 든 찬장 안으로 들어가는 것 같았다. 통조림을 스치는 소리와 병이 깨지는 소리가 들렸다. 그러고 나서는 아무 소리도 들리지 않았다.

'이제 가 버린 걸까?'

나는 그것이 물러났다고 결론을 지었다.

촉수는 더 이상 거실 쪽으로 오지 않았다. 하지만 나는 그날 온종일 석탄과 땔감 사이에 몸을 묻은 채 숨어 있었다. 너무 무서워서 물을 마시러 일어날 엄두조차 나지 않았다. 그렇게 이틀 동안 부엌 근처에는 얼씬도 하지 않았다. 나중에 용기를 내어 부엌에 가 보았더니 찬장은 텅 비어 있었다. 식량을 죄다 가지고 가 버린 것이었다.

열이틀째 되는 날, 너무나 목이 말라 부엌 싱크대 옆에 있는 빗물 펌프를 자아올렸다. 물때가 끼어 검게 변한 빗물을 두어 잔 마셨다. 그것만으로도 한결 기운이 났다. 펌프질 소리가 났는데도 이상하게 화성인의 촉수가 안으로 들어오지 않았다. 그 때문인지 용기가 조금 생겨났다.

열사흘째 되는 날에는 물을 좀 더 마신 후 탈출할 방법을 궁리해 보았다. 하지만 뾰족한 수를 찾지는 못했다. 잠이 들 때마다 목사가 죽어 가던 장면과 푸짐하게 저녁 식사를 하는 장면이 꿈속에 나타나곤 했다.

열닷새째 날 이른 아침, 뜻밖에도 밖에서 귀에 익은 소리가 났다. 가만히 귀를 기울여 보니 개가 쿵쿵대며 발톱으로 벽을 긁는 소리였다. 부엌으로 가자 개 한 마리가 벽에 난 틈새로 코를 들이밀고 있었다. 녀석은 나의 냄새를 맡았는지 짧게 짖어 댔다. 순간 이런 생각이 들었다.

'이 녀석을 조용히 끌어들이면 잡아먹을 수도 있겠군.'

그게 아니더라도 개가 소란을 피우면 화성인이 알아차릴 테니 없애 버리는 것이 상책이었다. 나는 개 앞으로 다가가면서 상냥한 목소리로 속삭였다.

"착하지!"

그런데 웬일인지 녀석은 고개를 휙 돌리며 어디론가 가 버렸다. 나는 다시 귀를 기울여 보았다. 새들의 날갯짓 소리와 까마귀의 울음소리가 들릴 뿐, 구덩이에서는 아무 소리도 나지 않았다. 나는 틈새 바로 옆에 꼼짝하지 않고 한참을 있다가 마침내 용기를 내어 밖을 살그머니 내다보았다.

수많은 까마귀들이 화성인이 남겨 놓은 시체들을 두고 싸움을 벌이고 있었다. 구덩이 속에 살아남은 것은 하나도 없었다. 정말이지 내 눈을 믿을 수 없었다. 기계들은 죄다 사라지고 없었다. 나는 벽돌을 부수어 틈새를 넓힌 다음 그곳으로 몸을 밀어 넣어 밖으로 빠져나왔다. 주변을 둘러보았지만 화성인은 그림자도 보이지 않았다. 탈출할 기회였다! 몸이 마구 떨리기 시작했다.

　나는 잠시 멈칫거렸다. 하지만 곧 마음을 굳게 먹었다. 쿵쾅거리는 가슴을 진정시키며 흙더미가 덮고 있는 지붕 꼭대기까지 올라갔다.

　내가 마지막으로 보았던 이곳 쉬인의 거리거리에는 울긋불긋한 집들이 평온하게 자리 잡고 있었다. 그러나 지금은 그 집들이 죄다 무너져 버렸다. 사방에 무릎 높이까지 자란 붉은 잡초가 우거져 있었다. 토종 식물들은 말라 죽었거나 검게 타 버렸다. 멀리서 비쩍 마른 고양이 한 마리가 담장을 따라 걸어갈 뿐 사람은 그림자조차 보이지 않았다.

　파란 하늘 아래로 쏟아지는 햇살은 아찔할 정도로 눈이 부셨다. 보드라운 바람이 불자 꽃들이 살랑거렸다. 공기는 또 얼마나 달콤했던가!

　나는 한동안 그 자리에 멍하니 서 있었다. 참으로 이상한 기분이 들었다. 마치 토끼가 자신의 굴로 돌아왔다가, 그곳에서 열심히 땅을 파헤치는 인간들과 마주친 느낌이랄까? 그랬다. 모든 것을 빼앗긴 기분이었다. 인간은 더 이상 세상의 주인이 아니라 화성인의 지배를 받는 보잘것없는 동물에 불과했다. 다른 동물들이 인간 앞에서 그랬던 것처럼, 우리도 이제 적들을 살피고 도망가고 숨는 신세가 되었다. 인간이 지배하는 세상은 이제 끝이 났다.

하지만 이런 생각은 금방 사라졌다. 배가 몹시 고팠기 때문이다. 나는 붉은 잡초로 뒤덮인 담 너머로 흙더미에 묻히지 않은 정원을 발견했다. 그 담을 타고 올라가 안으로 뛰어내렸다. 정원에는 어린 채소들이 자라고 있었다. 나는 그것들을 허겁지겁 뜯어먹은 다음 강 쪽으로 걷기 시작했다. 그때 머릿속에는 두 가지 생각뿐이었다. 먹을 것을 더 찾는 일, 되도록 빨리 구덩이에서 멀리 달아나는 일.

조금 더 가자 풀밭에 버섯이 무더기로 돋아나 있었다. 그것들을 게걸스럽게 뜯어먹은 뒤 다시금 한참을 걸어가노라니 거무스름한 물이 흐르는 개울이 나타났다. 뭔가를 먹을수록 식욕이 자극돼 배가 더 고프고 목이 더 말랐다.

어디를 가나 붉은 잡초들은 무성했다. 처음에는 이 뜨겁고 가문 여름에 식물이 어떻게 불어났는지 의아하게 여겨졌다. 나중에 알고 보니 그 붉은 잡초는 열대성 식물이었다. 붉은 잡초의 씨앗이 웨이 강과 템스 강에 실려 떠내려가자, 강줄기를 따라 엄청난 속도로 자라났던 것이다. 푸트니에서는 이 붉은 잡초들이 다리를 아예 뒤덮고 있었다. 폐허가 된 템스 계곡의 집들도 벌건 잡초들에 가려 보이지 않았다.

그러나 언제부터인지 붉은 잡초는 퍼진 속도만큼 빠르게 시들어 갔다. 박테리아에 감염되었다는 것이다. 지구의 식물들은 이미 박테리아가 일으키는 질병에 면역이 되어 죽지 않지만 붉은 잡초에는 그에 저항할 힘이 없었다. 결국 잎이 하얗게 변하여 오그라들며 힘없이 부스러졌다.

템스 강에 이르러 나는 배가 터지도록 물을 마셨다. 물을 벌컥벌컥 들이켠 다음, 붉은 잡초의 잎을 씹어 보았다. 흥건히 흘러나온 즙에서 금속성의 맛이 느껴졌다.

푸트니 벌판 쪽으로 걷다 보니 완전히 파괴되어 버린 동네도 있고 전혀 해를 입지 않은 곳도 있었다. 커튼이 내려지고 문이 닫힌 집들이 마치 주인이 잠시 외출 중이거나 안에서 잠이라도 자고 있는 듯이 보였다. 이런 집 몇 군데에 들어가 먹을 것을 찾아보았지만 벌써 누군가가 다 가져가 버리고 없었다.

나는 너무 지친 나머지 더 이상 움직일 기운이 없어, 어느 집 정원에 앉아 그날 오후 내내 쉬었다. 사람은 한 명도 만나지 못했으며 화성인의 흔적 역시 눈에 띄지 않았다. 굶주린 개 두어 마리가 눈에 띄었으나, 나를 보자마자 쏜살같이 달아났다. 살이 다 뜯겨 나간 사람의 뼈도 몇 차례 보았다. 숲에는 고양이와 토끼의 뼈, 양의 해골도 있었다. 그 뼈다귀들을 깨물어 보았지만 살점이라곤 하나도 남아 있지 않았다.

날이 저물자 나는 간신히 몸을 일으켜 푸트니로 가는 길로 들어섰다. 어느 집 정원에서 감자를 찾아내어 적으나마 허기를 채웠다. 정원 아래로는 푸트니 지역과 강이 내려다보였다. 시커멓게 탄 나무들과 폐허로 변한 건물들을 보니 이루 말할 수 없이 마음이 아팠다. 이런 엄청난 변화가 그처럼 짧은 시간 안에 일어났다고 생각하니 온몸에 소름이 끼쳤다.

푸트니 언덕 꼭대기 부근에는 더 많은 뼈들이 흩어져 있었다. 팔이 떨어져 나간 것들도 눈에 띄었다. 나는 걸음을 옮기면서 이렇게 확신했다. 이 나라 사람들을 화성인이 다 잡아먹었을 것이라고……. 나처럼 운이 좋은 몇 사람을 빼고는 말이다. 놈들은 다른 어딘가에서 먹이를 찾고 있을 것이다. 어쩌면 베를린이나 파리를 파괴하고 있는지도 몰랐다. 아니면 북쪽으로 나아가고 있는지도 몰랐다.

제 13 장
푸트니 언덕에서 만난 사람

 그날 밤 나는 푸트니 언덕 위에 있는 여인숙에서 묵었다. 레더헤드로 피난한 날 이후로 처음 침대에서 잠을 잤다.
 먹을 것을 찾아 방이란 방은 모조리 뒤져 보다가 막 단념을 하려는 순간, 하인의 방에서 쥐가 갉아먹다 만 빵 부스러기와 파인애플 깡통 두 개를 발견했다. 이곳도 이미 약탈을 당해 텅 비어 있었다. 나중에 비스킷과 샌드위치도 발견하였다. 샌드위치는 썩어서 먹을 수 없었지만, 비스킷은 허기를 채우고도 주머니에 가득 챙겨 넣을 수 있을 정도로 많았다.
 불은 켜지 않았다. 화성인이 먹이를 찾아 이곳으로 올지도 모르기 때문이었다. 잠자리에 들기 전, 불안한 마음으로 창문마다 일일이 돌아다니며 밖을 내다보았다. 잠시 후 침대에 누웠지만 쉽사리 잠이 오지 않았다. 목사와 마지막으로 실랑이를 벌인 뒤의 일들을 생각해 보려 애썼다. 그러자 목사가 죽던 장면이 떠올랐다. 화성인들은 대체 어디로 갔을까? 아내는 괜찮은 걸까? 갑자기 여러 가지 생각이 머릿속에서 뒤엉켰다.

목사가 죽은 일에 대해서는 조금도 두렵거나 후회스럽지 않았다. 그 당시의 일들이 마치 방금 일어난 것처럼 또렷하게 기억났다. 우리는 도저히 서로 협력할 수 없는 관계였다. 그 사실을 진작 알았더라면 핼리퍼드에서 헤어졌을 것이다. 그러나 나는 앞일을 내다보지 못했다.

동이 트자마자 나는 은신처에서 기어 나가는 들쥐처럼 그 집에서 빠져나왔다. 아침 공기는 맑고 상쾌했다. 분홍빛으로 물든 동쪽 하늘에는 금빛 조각 구름이 떠 있었다. 푸트니 언덕에서 윔블던으로 이어진 도로에는 온갖 잡동사니들이 곳곳에 널려 있었다. 전투가 벌어진 날 밤에 런던 쪽으로 달아난 사람들이 남긴 것이었다. 과일 가게 이름이 새겨진 작은 수레가 바퀴가 부서진 채 나뒹굴고 있었다. 흙투성이가 된 밀짚모자와 피로 얼룩진 유리 조각도 흩어져 있었다.

나는 지칠 대로 지쳐 느릿느릿 움직였다. 뭘 어떻게 해야 할지 막막하기만 했다. 아내를 찾을 가능성이 거의 없다는 것을 알면서도 막연히 레더헤드로 가야 한다고 생각했다. 죽지 않았다면,

사촌들과 아내는 분명 어딘가로 달아났을 것이다. 레더헤드에 가서 사람들이 어디로 갔는지 알아내면 그들이 간 곳도 알 수 있으리라.

　나는 나무와 덤불이 무성한 곳에 몸을 숨긴 채 윔블던 들판 가장자리까지 갔다. 그런데 불현듯 누군가 나를 지켜보는 듯한 느낌이 들었다. 주변을 둘러보니 덤불 속에 무언가가 웅크리고 있는 것이 보였다. 그쪽을 주시하면서 한 발 한 발 다가가자 누군가가 불쑥 일어섰다. 단검을 쥔 남자였다. 나는 그에게 천천히 다가갔다. 그는 말없이 서서 나를 바라보았다.

　가까이서 보니 그도 나 못지않게 지저분한 옷차림을 하고 있었다. 검은 머리카락이 눈을 덮을 지경이었고, 얼굴은 새까맣고 더러웠으며, 비쩍 말라 있었다. 턱에는 붉은 상처가 나 있었다.

"멈추시오!"

　내가 십 미터 앞까지 다가가자 그가 버럭 소리를 질렀다. 나는 걸음을 멈추었다.

"어디서 오는 거요?"

　그가 물었다. 나는 그를 유심히 살피며 잠깐 생각한 뒤 입을 열었다.

"쉬인에서 오는 길입니다. 화성인이 우주선 주변에 파 놓은 구덩이 옆에 갇혀 있다가 간신히 나왔지요."

"이 근방에는 먹을 것이 없소."

그가 말했다.

"여긴 내 구역이오. 이 언덕에서 저 아래 강, 그리고 벌판 가장자리까지 말이오. 이곳엔 딱 한 사람 먹을 것밖에 없소. 어디로 가는 길이오?"

"잘 모르겠어요."

나는 천천히 대답했다. 그는 미심쩍은 듯 나를 바라보았다. 그러더니 갑자기 표정을 바꾸면서 손가락으로 나를 가리켰다.

"아니 당신, 워킹에서 온 그 사람 아니오? 웨이브리지에서 용케 살아남았군요!"

그 순간 나도 그를 알아보았다.

"아, 우리 집에 찾아왔던 그 포병?"

"우리는 정말 운이 좋은 것 같군요. 이렇게 또 만나다니!"

그가 손을 내밀었다. 나는 그의 손을 맞잡았다.

"나는 하수구를 기어 다녔습니다."

그가 말했다.

"놈들이 사람들을 모조리 죽이는 것은 아니더군요. 놈들이 어디론가 가고 난 뒤 나는 들판을 건너 월튼으로 갔습니다. 그날부터 보름밖에 지나지 않았는데…… 선생은 머리가 많이 세었네요."

그러고는 갑자기 어깨 너머를 살피더니 말했다.

"까마귀군요. 온통 까마귀 천지예요. 여긴 눈에 띄기 쉬우니 덤불 속으로 들어가서 얘기합시다."

"혹시 화성인들을 봤나요? 내가 거기서 나온 뒤로 말예요."

내가 말했다.

"놈들은 런던을 통과했습니다."

그가 말을 이었다.

"그곳에 더 큰 진지를 세운 것 같아요. 그저께 밤에 하늘에서 불빛들을 보았습니다. 내 생각엔 놈들이 비행 기계를 만들어서 날아다니는 법을 고안한 게 아닌가 싶어요."

엉금엉금 기어가던 나는 덤불 근처에 가서 멈추었다.

"날아다닌다고요?"

"그래요, 날아다니는 기계!"

나는 덤불 안의 빈터로 들어가 앉으며 말했다.

"우리는 이제 끝장이군요. 날아다니게 되면 온 세상을 제 마음대로 휘젓고 다닐 수 있을 테니까요."

"그럴 테지요. 하지만 이 지역은 사정이 나아질지 몰라요. 게다가……"

그는 나를 바라보았다.

"이것이 인류에게는 또 다른 기회일 수도 있습니다. 우리가 지긴 했지만요."

처음엔 그의 말이 이상하게 들렸다. 한 번도 생각해 본 적이 없는 얘기였기 때문이다. 곧 그의 말뜻을 이해하긴 했지만. 어쨌

든 나는 희망을 놓고 싶지 않았다.

그가 힘주어 말했다.

"우리는 완전히 졌어요."

화성인들이 그에게 확신을 심어 준 모양이었다.

"그들은 겨우 한 놈만 잃었습니다. 그러고도 세계에서 가장 강한 나라의 수도를 점령했어요. 웨이브리지에서 한 놈이 죽은 것은 사고였습니다. 그리고 이것은 시작일 뿐입니다. 놈들은 계속 침공해 올 거예요. 그 초록빛 별들…… 최근 대엿새 동안은 보지 못했지만 날마다 어디론가 떨어지더군요. 이제 우리는 아무것도 할 수 없어요. 완전히 졌습니다!"

나는 대꾸하지 않았다. 반박을 해 보려 했지만 딱히 떠오르는 말이 없었다. 그러다 불현듯 한 달 전쯤, 망원경으로 우주를 바라보았던 일이 떠올랐다. 내가 말했다.

"그들은 열 개 이상의 포를 발사하지 않았어요. 적어도 첫 번째 원통 우주선이 도착할 때까지는요."

"그걸 어떻게 알지요?"

포병이 물었다. 내가 그때의 일을 설명하자, 그는 곰곰이 생각하더니 다시 입을 열었다.

"발사하는 대포에 문제가 생긴 것이겠지요. 하지만 그렇다 해도 금세 고칠 겁니다. 이건 인간과 개미의 싸움이나 마찬가지예요. 개미는 그들 나름대로 도시를 건설해 살아가다가 때로 전쟁을 일으키기도 하지요. 하지만 인간이 내쫓으면 개미가 어쩌겠습니까? 바로 우리는 쫓겨난 개미 꼴입니다."

우리는 마주 앉아 서로를 바라보았다.

"그놈들이 우리에게 무슨 짓을 하려는 걸까요?"

내가 물었다.

"아직까지는 먹이가 필요할 때만 인간을 붙잡는 것 같습니다. 하지만 계속 그러지는 않겠죠. 대포와 배, 철로를 다 부수고 나면 인간을 하나하나 붙잡기 시작할 겁니다. 제일 좋아 보이는 놈을 골라 새장 같은 곳에 가둘 거예요. 그러니까 놈들은 아직 본격적인 행동을 시작하지도 않은 셈입니다. 아시겠어요?"

"시작조차 하지 않았다고요?"

내가 소리쳤다.

"그렇습니다. 그러니 이성을 잃고 우왕좌왕할 것이 아니라 변해 가는 상황에 맞추어 우리도 변해야 합니다. 도시, 국가, 문명과 진보는 이제 끝났습니다."

"그렇다면 우리는 무엇을 바라며 살아야 하죠?"

"아마 앞으로 백만 년, 혹은 더 오랫동안 축복받은 콘서트 같은 건 없을 겁니다. 음악도 예술도 사라질 것이고, 레스토랑에 가서 근사하게 외식하는 일도 없을 거예요. 만약 선생이 그동안 고상한 상류층의 예절을 따르는 것을 훌륭하게 생각하고 서민들의 식사 습관이나 말투를 혐오했다면 이제 그런 태도도 버려야 합니다. 그런 것들은 이제 쓸모가 없어요."

"당신은 그러니까……."

"나 같은 사람이 살아남는다는 뜻입니다. 그래야 인간이 멸종되지 않아요. 그저 가만히 앉아 죽지는 않을 것입니다. 순순히 붙잡혀 길들여지지도 않겠어요. 살찌워서 잡아먹히는 소처럼 되지는 않을 거라고요."

"당신은 설마……."

"맞습니다. 계속 나아갈 겁니다. 놈들의 발밑에서라도요. 오랫동안 생각하고서 내린 결정입니다. 우리는 졌어요. 그리고 놈들에 대해 잘 몰라요. 때가 올 때까지 놈들에 대해 배워야 합니다. 배우는 동안 우리 힘으로 살아남아야 해요. 그것이 우리가 해야 할 일입니다."

나는 멍하니 그를 바라보다, 깊은 감동을 받아 외쳤다.

"정말 대단하군요!"

그러고는 그의 손을 덥석 움켜잡았다.

"당신이야말로 진정한 사나이입니다!"

그가 눈을 빛내며 말했다.

"나한테 계획이 있어요."

그의 말이 이어졌다.

"놈들의 손아귀에서 벗어나려면 대책을 세워야 합니다. 나는 지금 대책을 세우고 있어요. 잘 들어 보세요. 지금부터 우리에게 필요한 건 야생 동물 같은 강인한 정신입니다. 그래서 선생을 경계한 겁니다. 선생은 약해 보입니다. 나는 사실 그동안 선생이 어떻게 지내 왔는지 몰라요.

우리 주변에 흔해 빠진 사람들, 좋은 집에 살면서 점원에게 욕이나 해 대는 사람들은 아무 쓸모가 없습니다. 내세울 만한 꿈도, 이렇다 할 생각도 없는 사람들입니다. 고작 일터로 허겁지겁 뛰어나가느라 바쁘죠. 난 그런 사람들을 수없이 보았습니다. 손에 빵 한 조각을 들고 헐레벌떡 지하철을 타려고 달려가는 사람들 말입니다. 직장에서 쫓겨날까 봐 벌벌 떨고, 저녁 식사 시간에 늦지 않으려고 서둘러 퇴근하며, 죽은 뒤 지옥에 갈까 봐 일요일에는 열심히 교회에 나가지요.

그런 사람들에게는 화성인들이 지배하는 세상이 차라리 선물일 겁니다. 새장이나 다름없긴 하지만 널찍한 방에 넣어 넉넉한 음식을 주고 정성스레 사육해 주니까요. 일주일 정도만 들판을 헤매면서 굶주리고 나면 기꺼이 화성인들에게 사로잡힐걸요?"

그는 말을 잠시 멈추었다.

"화성인들은 아마도 그런 사람들 가운데 일부를 애완용으로 기를 겁니다. 누가 압니까? 같은 종족인 인간을 사냥하게끔 훈련할지……."

"설마!"

내가 외쳤다.

"그렇기야 하겠습니까? 인간이 어떻게 그럴 수가……!"

"믿지 않으려고 해 보아야 무슨 소용이 있습니까? 그런 짓을 웃으면서 하는 사람들도 얼마든지 있을 겁니다."

그가 말했다.

나는 그의 확신에 압도당하고 말았다. 그러고는 주저앉아 이런 저런 생각에 잠겼다. 나는 철학적인 주제를 다루는 인정받는 작가였고, 그는 평범한 군인이었다. 화성인이 침입하기 전이라면 어느 누구도 나의 지적인 능력이 그보다 훨씬 뛰어나다는 사실을 의심하지 않았을 것이다. 하지만 그는 내가 미처 깨닫지 못했던 상황을 이미 꿰뚫고 있었다.

"그래, 당신이 세운 계획은 뭐요?"

내가 물었다. 그는 잠시 망설이다가 말했다.

"우리는 인간이 살 수 있고, 아이들을 안전하게 키울 수 있는 삶을 마련해야 합니다. 화성인에게 붙잡힌 인간은 농장에서 기르는 동물처럼 될 것입니다. 몇 세대도 지나지 않아 그들은 보기 좋게 살찐 바보가 될 거예요. 쓰레기들이죠! 그리고 붙잡히지 않은 사람들은 들짐승같이 변할 위험성이 있고요.

나는 땅 밑에서 살아갈 생각입니다. 하수도를 생각하고 있어요. 런던 지하에만 하수도가 수백 킬로미터에 이릅니다. 하수도와 건물 사이에 통로를 팔 수도 있습니다. 철도나 지하도를 활용할 수도 있고요. 이제 아시겠어요? 그런 다음에는 사람들을 모을 것입니다. 몸과 마음이 깨끗한 사람들로 말이죠. 쓰레기 같은 인간은 받지 않을 겁니다. 나약한 사람들도 내쫓을 것이고요."

"당신이 아까 나를 내쫓으려 했던 것처럼 말이지요?"

"음, 내가 이미 말하지 않았나요?"

"그건 따지지 않기로 하죠. 계속하세요."

"우리와 함께할 사람은 규칙에 복종해야 합니다. 그리고 건강하고 마음씨 좋은 여성들이 필요해요. 어머니와 선생님이 될 테니까요. 눈이나 굴리고 앉아 있는 게으른 인간은 필요없습니다. 몸이 약하거나 머리가 나쁜 인간도 안 됩니다. 삶을 다시 진짜로 살아야 하니 쓸모가 없거나 방해가 되고 남에게 해를 끼치는 인간들은 차라리 죽는 것이 나아요.

우리는 화성인들을 계속 주시하면서 그들이 멀리 있을 때는 바깥으로 나올 수도 있을 겁니다. 그것이 우리가 종족을 보존하는 방법입니다. 또한 지식을 쌓고 늘려야 합니다. 그러려면 당신 같은 지식인이 꼭 필요해요. 지하 깊숙한 곳에 안전한 장소를 만들고 책들을 거기에다 많이 보관해 둘 겁니다. 소설이나 시집 나부랭이는 필요없어요. 사상과 과학이 담긴 책들이어야 합니다. 영국 박물관으로 가서 최고의 책을 엄선하는 겁니다. 특히 과학 기술을 보존하고 더 익혀야 합니다.

우리는 화성인들에게 우리가 해로운 존재가 아니라는 것을 보여 주어야 해요. 그들은 지능이 높은 종족입니다. 만약 그들이 원하는 것을 손에 넣고, 우리가 아무 해를 끼치지 않는 작은 생물일 뿐이라고 믿는다면 우리를 굳이 죽이지는 않을 겁니다."

포병은 잠시 말을 멈추더니 검게 탄 손으로 내 팔을 잡았다.

"사실 놈들의 전투 기계를 작동하는 방법은 그리 어렵지 않을 수도 있습니다. 한번 상상해 보세요. 전투 기계 네다섯 대가 난데없이 나타나 열 광선을 쏘아 댑니다. 그런데 거기 조종석에 화성인이 아닌 인간이 타고 있는 거죠! 우리가 그 기계를 빼앗아 타고 놈들에게 신나게 열 광선을 퍼붓는 거예요!"

그의 상상력과 확신에 찬 용기에 나는 완전히 사로잡혔다. 나는 그가 예언한 인류의 운명과 그럴듯한 계획을 아무 의심 없이 믿었다.

우리는 아침이 밝아 올 때까지 이야기를 나누다가 덤불에서 나왔다. 우선 화성인이 있는지 하늘을 한 바퀴 둘러본 다음, 그의 은신처가 있는 푸트니 언덕으로 서둘러 갔다.

그의 은신처는 어느 집의 석탄 창고였다. 나는 그가 일주일 동안 공들여 작업했다는 결과물을 보았다. 그것은 십 미터가량 되는 굴로, 그의 말로는 푸트니 언덕의 주 하수관과 연결될 것이라고 했다.

이것을 본 나는 처음으로 그의 열망과 능력이 얼마나 서로 동떨어져 있는지를 눈치챘다. 나라면 하루 만에 파낼 수 있을 만한 굴이었다. 하지만 그를 믿었으므로 오전 내내 그를 도와 땅을 팠다.

그런데 일을 하다 보니 의심이 고개를 들었다. 이토록 긴 터널이 과연 필요할까 하는 것이었다. 배수관 위로 지나는 집에서 시작하거나 맨홀에서 직접 하수도로 들어가면 되기 때문이었다. 아무래도 집을 잘못 고른 것 같았다.

이런 문제를 따져 보려는 참인데, 포병이 갑자기 일손을 멈추고는 나를 보았다. 그가 말했다.

"잠깐 쉬죠. 지붕에 올라가 주변을 살펴볼 시간이에요."

나는 문득 궁금해졌다.

"왜 여기에서 일하지 않고 들판을 돌아다녔습니까?"

"바람을 쐬고 싶어서요. 밤에는 더 안전하거든요."

그가 말했다.

"일은 어떡하고요?"

"음, 사람이 일만 하며 살 수는 없지요."

그의 대답에 나는 그가 어떤 사람인지 대충 짐작이 갔다.

우리는 곧 지붕으로 향했다. 사다리에 올라선 다음 지붕에 난 창문으로 바깥을 내다보았다. 화성인은 보이지 않았다. 우리는 지붕 꼭대기로 올라가 주변을 꼼꼼히 살피고는 다시 내려왔다.

포병은 틈만 나면 자신의 계획을 늘어놓았다. 그의 열정은 점점 커졌다. 나중에는 화성인의 전투 기계를 어떻게 손에 넣을 것인지 자세히 설명했다. 나는 짐짓 고개를 끄덕여 주었다. 시간이 흐를수록 그 사람이 어떠한 성향을 가지고 있는지 확실히 깨달을 수 있었다.

얼마 뒤 우리는 지하실로 내려왔다. 그는 굴 파는 일 대신 식사를 함께하자고 했다. 식사를 마치고 나서는 어디선가 고급 시가를 갖고 나타났다. 우리는 시가를 피우고 샴페인을 마셨다. 그러고는 그의 제안에 따라 카드 놀이를 하며 시간을 보냈다. 날이 저물자 위험을 무릅쓰고 램프에 불을 붙였다.

우리는 계속해서 카드 놀이를 하고, 먹고, 마시고, 시가를 피워 댔다. 그는 더 이상 아침에 내가 만난 새로운 인류의 선구자가 아니었다. 여전히 낙관적이었으나 활기는 조금 줄어들었다. 약간씩 몸을 사리기도 했다.

얼마 후, 나는 그에게서 하이게이트 언덕을 따라 초록빛 불이 치솟고 있다는 말을 듣고는 이층으로 황급히 올라갔다. 그리고 멍하니 서서 런던 계곡 쪽을 바라보았다. 북쪽 언덕은 어둠에 덮여 있었다. 켄싱턴 너머로 불꽃이 벌겋게 타올랐는데, 때때로 주황색 불길이 널름거리다가 검푸른 밤하늘 속으로 사라졌다. 그 밖의 지역은 여전히 칠흑같이 어두웠다.

그때 문득 내 이성이 깨어났다. 나는 서쪽 하늘 높은 곳에 뚜렷하게 떠 있는 붉은 별, 화성으로 눈길을 돌렸다. 그러고는 이틀 동안 일어난 기괴한 일들에 대해 천천히 생각했다. 포병의 말에 정신없이 빠져들던 일부터 바보처럼 카드 놀이를 즐겼던 것까지…….

나는 들고 있던 시가를 던져 버렸다. 내가 얼마나 어리석었는지를 깨달았기 때문이다. 마치 아내를 배신한 듯한 기분까지 들었다. 나는 곧 이 이상하고 제멋대로인, 마구 먹고 마시는 몽상가와 헤어지기로 마음먹었다.

런던으로 가리라. 그곳에 가면 화성인과 우리 인간들이 어떻게 되었는지 알 수 있을 것이다. 나는 그런 생각을 하며 밤이 깊도록 지붕 위에 앉아 있었다.

제 14 장
기이한 울음소리

포병과 헤어진 뒤 나는 언덕을 내려와 다리를 건넌 다음 풀엄으로 갔다. 다리 위는 물론 도로에까지 검은 가루가 잔뜩 흩뿌려져 있었다. 풀엄은 더욱 심했다.

거리는 무서울 정도로 고요했다. 한참을 걷다가 어느 빵집에서 오래된 빵을 찾아냈다. 비록 딱딱하긴 했지만 그런대로 먹을 만했다. 나는 아직도 불길이 잦아들지 않은 집들을 지나갔다. 불타는 소리에 오히려 마음이 놓였다.

시체들도 더러 눈에 띄었다. 풀엄 거리 전체에서 열두 구 정도를 보았다. 죽은 지 여러 날 된 것들이어서 나는 얼른 그 옆을 지나쳐 갔다. 사실은 검은 가루가 시체들을 뒤덮어서 형체를 제대로 알아보기도 힘들었다. 그중에는 개들이 헤집어 놓은 것들도 있었다.

검은 가루가 없는 곳은 그저 평범한 일요일의 거리 같았다. 문을 닫은 가게들과 커튼이 내려진 집들, 조용하기 그지없는 분위기가 그런 느낌을 주었다. 몇몇 식료품점과 포도주 가게에는 도둑 맞은 흔적이 역력히 남아 있었다. 어느 보석 가게는 유리창이 깨진 채 열려 있었는데 금목걸이와 시계들이 길에 흩어져 있었다.

조금 더 걷다 보니, 어느 집의 문 앞에 누더기를 걸친 여인이 앉아 있었다. 무릎 위에 올려놓은 손에 상처가 났는지 피가 흘러내린 자국이 그녀의 드레스에 선명했다. 그 여인은 잠든 것처럼 보였지만 사실 죽어 있었다.

런던의 중심부로 들어갈수록 점점 더 고요했다. 당장이라도 무슨 일이 벌어질 것만 같은 적막감이었다. 런던의 북서쪽 경계 지역과 일링을 강타한 힘이 언제 이 거리를 폐허로 만들어 놓을지 몰랐다. 런던은 버림받은 저주의 도시였다.

사우스켄싱턴에는 시체도 검은 가루도 없었다. 대신 어디선가 이상하게 울부짖는 소리가 들렸다. 처음에는 그 소리가 아주 희미해서 알아듣기 힘들었다.

"울라, 울라, 울라, 울라, ……."

두 가지 음이 반복되며 흐느끼는 듯한 소리가 그치지 않고 이어졌다. 그 구슬픈 소리는 집과 건물들에 막혀 잠시 끊기는가 싶더니 다시 들리기 시작했다. 소리는 북쪽으로 갈수록 점점 커졌다. 나는 걸음을 멈추고 켄싱턴 가든 쪽을 살펴보았다. 마치 텅 빈 집들이 두렵고 외로운 나머지 울부짖고 있는 것처럼 여겨졌다.

"울라, 울라, 울라, 울라, ······."

사람의 목소리와는 다른 구슬픈 음색의 그 소리는 밝은 햇살 아래 큰 건물들이 양 옆으로 늘어선 넓은 도로를 타고 물결처럼 출렁였다. 나는 발길을 돌려 하이드 파크의 철문 쪽을 바라보다 엑서비션 거리로 갔다. 소리는 점점 강하게 울려 퍼졌다. 하지만 공원 북쪽의 지붕들 너머로는 아무것도 보이지 않았다. 북서쪽 하늘로 한 가닥 가느다란 연기가 피어오를 뿐이었다.

기이한 소리는 리전트 공원 부근에서 들려오는 듯했다. 처량한 울음소리에 나는 기분까지 울적해졌다. 너무 많이 걸은 탓에 지치기도 한 데다 발까지 아팠다. 다시 배가 고프고 목이 몹시 말랐다.

어느덧 정오가 지나 있었다. 나는 왜 이 죽음의 도시를 홀로 걷고 있는 것일까? 정말이지 외로웠다. 여러 해 동안 잊고 지냈던 옛 친구들이 떠올랐다. 이 도시에서 함께 지냈던 두 사람, 그러니까 목사와 포병의 얼굴도 생각났다.

마블 아치를 지나 옥스퍼드 거리로 나왔다. 여기에도 곳곳에 검은 가루가 덮여 있고 시체들이 나뒹굴었다. 나는 배고픔을 참다 못해 어느 술집으로 들어가 음식과 음료수를 찾아냈다. 배를 채우고 나니 피로가 몰려오기 시작했다. 나는 뒤쪽에 있는 거실로 가서 소파에 누워 잠을 청했다.

잠에서 깼는데 "울라, 울라, 울라, 울라, ……." 하는 소리가 여전히 들렸다. 밖은 이제 점점 어두워지고 있었다. 나는 빵과 치즈를 챙긴 다음 다시 고요한 주택가를 지나 베이커 거리까지 걸어갔다.

이윽고 리전트 공원에 도착했다. 베이커 거리의 언덕을 넘어서자 노을에 물든 붉은 나무들 너머로 화성인 전투 기계의 거대한 머리 부분이 보였다. 울음소리는 바로 거기에서 흘러 나오고 있었다.

이제는 그 전투 기계가 별로 두렵지도 않았다. 나는 아무렇지도 않은 듯 그쪽으로 다가갔다. 그리고 한동안 전투 기계를 뚫어져라 바라보았다. 그것은 움직이지 않았다. 무슨 까닭인지 알 수 없었으나 그저 기괴한 소리를 낼 뿐이었다.

나는 어떻게 행동하는 것이 좋을지 몰라 잠시 고민에 휩싸였다. 그런데 끊이지 않는 "울라, 울라, 울라, 울라, ……." 하는 소리가 자꾸만 정신을 뒤흔들었다. 너무 피곤했던 탓일까, 두려운 생각조차 들지 않았다. 기계가 왜 그런 소리를 내고 있는지 알아보고 싶은 마음이 더 컸던 게 분명하다.

나는 공원에서 돌아 나온 다음, 공원 가장자리에 줄지어 있는 주택들 아래를 지나 세인트존스우드 쪽으로 갔다. 그곳에서 울부짖는 화성인들을 살펴볼 작정이었다.

세인트존스우드 역 쪽으로 절반쯤 갔을 때 부서진 조립 기계가 눈에 띄었다. 처음에는 집이 도로 위로 무너져 내린 것인 줄 알았다. 잠시 후 잔해 더미 위로 올라가 본 나는 깜짝 놀랐다. 거대한 기계가 잔해 사이에 끼어 있었던 것이다. 촉수는 뒤틀린 채 부서져 있었다. 기계의 앞부분은 완전히 산산조각 난 상태였다. 집 쪽으로 무작정 돌진하다가 집이 무너지는 바람에 그 밑에 깔려 뒤집힌 것 같았다.

'이게 다 어떻게 된 걸까?'

나는 의아해하면서 프림로즈 언덕 쪽으로 갔다. 멀리 나무들 사이로 두 번째 전투 기계가 보였다. 이것도 첫 번째 것과 마찬가지로 꼼짝도 하지 않고 서 있었다. 그런데 거기서는 울음소리가 들리지 않았다.

다리를 건너자 울음소리가 그치고 갑자기 정적이 흘렀다.

런던이 마치 유령처럼 나를 응시하는 것 같았다. 희끄무레한 집들의 창문이 꼭 해골의 눈구멍처럼 보였다. 수천 명의 적들이 소리 없이 움직이는 듯했다. 순간 공포가 엄습했다. 눈앞에 뻗은 길은 컴컴했고, 길 한가운데에 일그러진 무언가가 누워 있었다.

나는 더 이상 나아갈 수가 없었다. 그래서 세인트존스우드 거리로 방향을 돌려, 무시무시한 정적을 뚫고 킬번 쪽으로 달려갔다. 얼마 후 해로 거리에 있는 마부들의 숙소를 발견하고 그 안에 몸을 숨겼다. 자정을 넘기고도 꽤 오랫동안 그곳에 있었다. 동이 트기 직전에야 용기를 되찾아, 별빛을 받으며 다시 리전트 공원으로 걸어갔다. 새벽 빛이 어슴푸레하게 비칠 무렵, 큰길 아래로 프림로즈 언덕의 둥그런 윤곽이 보였다. 언덕 꼭대기에는 세 번째 전투 기계가 우뚝 서 있었다.

그때 퍼뜩 기이한 생각이 머리를 스쳤다.

'그래, 죽어서 끝장을 내리라. 그러면 스스로 목숨을 끊는 수고는 하지 않아도 되잖아.'

나는 겁도 없이 그 거대한 기계를 향해 뚜벅뚜벅 걸어갔다. 가까이 가는 동안 아침은 더 밝아 왔다. 검은 새들이 떼를 지어 기계의 꼭대기를 맴돌았다. 심장이 마구 뛰었다. 나는 도로를 따라 달리기 시작했다.

해가 떠오르기 전, 마침내 풀밭에 도착했다. 언덕 꼭대기에 있는 구덩이 주위에는 흙더미가 높이 쌓여 있었다. 화성인이 마지막으로 판 가장 큰 구덩이였다. 흙더미 뒤로 가느다란 연기가 하늘로 솟아올랐다. 조금 전 내 머릿속을 번개처럼 스친 생각이 차츰 믿어도 좋을 현실로 굳어 갔다.

나는 움직이지 않는 괴물을 향해 언덕을 뛰어올랐다. 조금도 무섭지가 않았다. 온몸이 떨리도록 가슴이 뛸 뿐이었다. 전투 기계 꼭대기를 올려다 보니 가느다란 갈색 살점이 밖으로 늘어져 있었다. 어느새 새들이 날아와 그것을 쪼아 먹고 있었다.

나는 단숨에 흙더미 위로 올라섰다. 그리고 발 아래로 구덩이를 내려다보았다. 정말이지 거대한 공간이었다. 큰 기계들이 여기저기 서 있고, 한쪽에는 원료 더미 같은 것들이 높다랗게 쌓여 있었다. 이상하게 생긴 은신처들도 보였다.

구덩이 주변에는 화성인들이 흩어져 있었다. 몇몇은 뒤집힌 전투 기계들 안에, 또 몇몇은 조립 기계들 안에, 그리고 나머지 열두엇 정도는 한 줄로 나자빠져 있었다.

모두 죽어 있었다! 그들은 모두 부패성 세균에 감염되어 죽고 말았던 것이다. 인간이 만든 그 어떤 것도 그들을 당해 낼 수가 없었지만, 현명한 하느님이 지구에 내려 준 가장 보잘것없는 미물이 그들을 해치우고 말았다.

사실 쉽게 예상할 수 있는 일이었다. 그런데 사람들은 느닷없이 닥친 엄청난 재앙에 경악한 나머지, 이런 일이 벌어지리라고는 전혀 생각하지 못했던 것이다.

병균은 인류 역사가 시작된 이래 수많은 사람과 동물을 죽여 왔다. 덕분에 인간은 오랜 세월에 걸쳐 세균에 대한 저항력을 키웠다. 그러나 화성에는 세균이 없었다. 화성인들이 지구에 도착해 음식을 섭취하자, 우리의 조그만 동맹군이 활동을 개시한 것이었다.

그러고 보면 인간은 수많은 고통과 죽음을 겪으면서 지구에서 살 권리를 획득했던 셈이었다. 화성인이 지금보다 열 배나 강해진다고 하더라도 지구는 인류의 것으로 남아 있을 것이다. 어떤 인간도 헛되이 살거나 헛되이 죽었다고 할 수 없다.

화성인들이 만든 구덩이 속에는 오십 구 정도의 화성인 시체가 널려 있었다. 그들은 죽어 가면서도 왜 죽는지를 이해할 수 없었을 것이다. 그 당시에는 나도 그 상황을 이해하지 못했다. 내가 아는 것이라고는 무시무시하고도 흉측한 괴물들이 이제 죄다 죽었다는 사실뿐이었다.

나는 구덩이를 물끄러미 내려다보았다. 해가 떠오르면서 세상이 밝아 오자 나의 마음도 벅차올랐다. 구덩이는 아직 어둠에 묻혀 있었다. 막강하고 정교했던 장비들이 아침 햇살을 받아 차츰 기괴한 형상을 드러내기 시작했다. 개들이 짖는 소리가 구덩이 깊은 곳에서 들렸다. 널브러진 화성인들의 시체를 서로 차지하려고 싸우는 소리였다.

구덩이 저쪽 가장자리에는 거대한 비행 기계가 놓여 있었다. 질병과 죽음을 맞이하기 전까지 화성인들이 지구의 밀도 높은 공기 속에서 시험하던 물건이었다. 죽음은 하루아침에 난데없이 닥쳐온 것이 아니었다. 까마귀 소리에 고개를 들어 보니, 프림로즈 언덕 꼭대기에 거대한 전투 기계가 쓰러져 있었다. 뒤집힌 조종석에서 붉은 살점들이 뚝뚝 떨어졌다.

나는 돌아서서 언덕의 비탈길 아래를 굽어보았다. 거기엔 지난밤에 본 전투 기계 두 대가 새들에 둘러싸여 있었다. 죽은 지 얼마 되지 않은 듯했다. 한 놈이 먼저 죽은 동료들을 향해 울부짖었던 것 같다. 그놈은 기계가 멈출 때까지 한없이 소리를 냈던 것이다. 이제 이들은 힘을 잃은 세 개의 다리가 눈부신 햇빛을 받아 번쩍이며 서 있었다.

나는 구덩이 주변을 둘러보았다. 끝나지 않을 것만 같던 파괴에서 기적적으로 살아남은 대도시 런던이 눈 아래 펼쳐져 있었다. 폐허가 된 앨버트테라스의 주택가와 부서진 교회 첨탑 너머로 하늘은 구름 한 점 없이 맑았다. 눈부신 태양이 이글거렸고 그 아래 지붕들은 햇빛을 받아 새하얗게 빛났다.

이제 고통은 끝났다. 당장 치유가 시작될 것이다. 떠난 사람들이 돌아올 것이고, 텅 빈 거리도 활기를 되찾을 것이다. 불타고 부서진 집에서는 곧 연장 소리가 들릴 것이다. 이런 생각을 하다가 나는 두 팔을 하늘로 들어 올려 하느님께 감사를 드리기 시작했다. 그제야 비로소 아내가 생각났다. 그리고 영영 돌아오지 않을 것 같던, 희망차고 따뜻했던 과거가 휘몰아치듯 가슴에 밀려왔다.

제 15 장
폐 허

이제 내 이야기 가운데 가장 이상한 부분만 남았다. 하지만 전혀 있을 수 없는 일이라고는 할 수 없을 것이다. 나는 지금도 그날 프림로즈 언덕에서 하느님께 감사를 드렸던 일이 또렷이 기억난다. 그런데 그 뒤 사흘 동안의 일은 전혀 떠오르지 않는다.

나중에야 안 사실이지만 화성인이 죽었다는 걸 처음 안 사람은 내가 아니었다. 나처럼 돌아다니던 몇몇 사람들이 그 전날 이미 그 사실을 알았다. 내가 마부들의 숙소에 숨어 있을 무렵, 최초로 화성인의 시체를 발견한 사람이 프랑스 파리에 전보를 쳤다고 한다. 그 기쁜 소식은 삽시간에 온 세계에 퍼졌다. 수많은 도시에서 공포에 떨던 사람들이 너나없이 환호성을 질렀다.

내가 구덩이 가장자리에 서 있던 바로 그 순간, 더블린과 에든 버러, 맨체스터와 버밍엄 사람들도 그 소식을 들었다. 사람들은 기쁨의 눈물을 흘리며 서로 악수를 나누었다. 런던행 기차에는 집으로 돌아가는 사람들로 빽빽이 들어찼다. 이 주일 동안 멈췄던 교회 종소리가 온 영국에서 울려 퍼졌다. 핼쑥한 얼굴에 지저분한 옷을 걸친 사람들이 자전거를 타고 달리며 동네 사람들에게 이 기쁜 소식을 전했다.

그리고 식량! 영국 해협을 건너, 아일랜드 해를 건너, 그리고 대서양을 건너 옥수수와 빵과 고기가 구호품으로 쏟아져 들어왔다. 세상의 선박이란 선박은 모두 런던으로 오는 것 같았다.

하지만 나는 이 모든 것이 조금도 기억나지 않는다. 사흘 동안 나는 미친 사람처럼 정처 없이 걸어 다녔다. 그러다가 정신이 들고 보니 어느 친절한 사람들의 집이었다. 내가 울면서 세인트 존스 거리를 돌아다니던 사흘째 되던 날에 그들이 나를 발견했다고 한다. 그 가족의 이야기에 따르면 나는 길거리에서 이상한 노래를 부르고 있었다. 그 노래는 다음과 같았다.

"최후의 인간이 살아남았다! 만세! 최후의 인간이 살아남았다!"

그들은 자신들도 힘든 일을 겪고 난 뒤이면서도 기꺼이 나를 떠맡아 잠자리를 마련해 주고 보살펴 주었다. 내가 정신을 차리자 그들은 레더헤드에서 일어난 일을 조심스럽게 말해 주었다.

내가 폐허가 된 집에 갇히고 나서 이틀 뒤, 레더헤드는 화성인의 공격에 쑥대밭이 되고 사람들 역시 남김없이 살해되었다고 했다. 화성인은 아무 이유도 없이 그곳을 죄다 쓸어 버린 것 같았다고 했다. 아이가 힘을 자랑하려고 개미집을 함부로 부숴 버리듯이 말이다.

외롭고 슬펐다. 그런 나를 그들은 다정하고 참을성 있게 돌봐주었다. 나는 회복하고 나서도 그 집에서 나흘이나 더 머물렀다. 그러는 동안 그지없이 밝고 행복했던 지난날의 흔적을 찾아가 보고 싶은 마음이 간절해졌다. 그 집 사람들은 나를 말렸다. 하지만 나는 돌아오겠다고 약속하며 눈물의 작별 인사를 나누고는 다시 거리로 나왔다.

거리는 벌써 집으로 돌아오는 사람들로 붐볐다. 문을 연 가게들도 있었다. 공원의 식수대에서는 물이 흘러나왔다.

지금도 기억한다. 내가 집으로 쓸쓸히 돌아가던 날, 날씨는 참으로 화창했다. 거리는 또 얼마나 북적대고 활기에 넘쳤던가. 하지만 사람들의 얼굴은 하나같이 누렇게 떠 있었으며 낡고 더러운 차림새를 하고 있었다. 런던은 마치 부랑자들의 도시 같았다. 교회에서는 프랑스 정부가 보낸 빵을 배급했고, 피곤해 보이는 경찰들이 거리 모퉁이마다 서 있었다.

워털루 다리 끝에서 나는 다시 발간된 첫 신문을 한 부 샀다. 급히 발행된 신문이라 기사는 듬성듬성 실려 있었다. 새로운 소식은 하나뿐이었다. 화성인의 기계들에 대한 조사가 일주일 만에 놀라운 성과를 거두었다는 기사가 그것이었다. 그중에서도 '날아다니는 기계의 비밀'이 밝혀졌다는 부분이 눈에 띄었다.

워털루에서는 '무료 귀향 열차'가 운행되었다. 귀향객의 첫 무리가 떠난 뒤여서 내가 탄 기차에는 사람이 별로 없었다.

이틀 동안 천둥 번개가 치고 비가 쏟아졌는데도 런던은 여전히 검은 가루를 뒤집어쓰고 있었다. 철로 주변의 마을은 황량하고 낯설었다. 윔블던이 특히 피해가 심했다.

윔블던을 지나자 여섯 번째 원통 우주선 주변에 쌓인 흙더미가 보였다. 그 둘레에는 구경꾼들이 서 있었는데, 몇몇 병사들이 한가운데에서 작업을 하느라 분주했다. 그 위로 영국 국기가 바람에 펄럭였다.

묘목 밭은 붉은 잡초 때문에 온통 불그죽죽했다. 그림자가 드리워져 보랏빛을 띤 곳도 꽤 넓었다. 바라보고 있으려니 눈이 아플 지경이었다. 초록빛이 되살아난 동쪽 언덕 쪽으로 시선을 돌리자 비로소 눈이 편안해졌다.

워킹 역에서 런던 쪽으로 가는 철로는 아직 수리 중이었다. 나는 바이플리트 역에서 내려 메이베리로 가는 길로 접어들었다. 포병과 내가 경비병들을 만났던 곳을 거쳐, 폭풍우가 치던 날 화성인의 전투 기계를 목격했던 곳을 지나갔다.

그 순간 문득 생각난 것이 있었다. 나는 발길을 돌려 붉은 잡초 숲을 헤치고 들어갔다. 무엇인가 눈에 띄었다. 이륜 마차 한 대가 뒤틀린 채 부서져 있었고, 그 곁에 하얗게 바랜 말 뼈가 흩어져 있었다. 한동안 나는 그 자리에 서서 그것들을 망연히 내려다보았다.

이어 숲길을 지나 우리 집 쪽으로 걸었다. 문이 열린 어느 집 앞에서 한 남자가 내 이름을 부르며 아는 척을 했다.

나는 내가 살았던 집을 바라보면서 한 가닥 희망을 품었다. 하지만 희망은 이내 꺼져 버렸다. 누군가가 강제로 문을 연 흔적이 있었다. 삐걱거리는 문이 바람에 천천히 열렸다.

문이 다시 쾅 하고 닫혔다. 서재의 커튼이 창문 밖으로 나부꼈다. 나와 포병이 동 트는 새벽을 함께 지켜보았던 창문이었다. 그 후로 아무도 창문을 닫지 않았던 것이다.

나는 거실로 들어갔다. 집은 텅 비어 있는 듯했다. 계단을 덮은 양탄자는 군데군데 색이 바래 있었다. 그 끔찍했던 첫날 밤, 내가 폭풍우에 흠뻑 젖어 주저앉아 있던 자리였다. 흙 발자국들이 아직도 계단을 따라 남아 있었다.

발자국을 따라 서재로 올라갔다. 책상에는 원통 우주선이 열리던 날 오후에 내가 쓰다 만 원고가 놓여 있었다. 내가 팽개쳐둔 그 글을 읽어 보았다. 그것은 문명이 진보함에 따라 도덕성도 발전할 수 있는지에 대한 논문이었다. 마지막 구절은 마치 예언과도 같았다.

우리가 예상하는 대로라면 약 200년 안에…….

문장은 거기서 뚝 끊겼다. 또렷이 기억이 났다. 한 달 전도 채 되지 않은 그날 아침, 도무지 집중이 되지 않았던 일과, 글을 쓰다 말고 신문 파는 아이에게 달려가 신문을 샀던 일이 생각났다. 그리고 그 신문팔이가 '화성인'에 대해 말하는 것을 듣고는 참으로 기이하게 여겼던 것도 생각났다.

아래층으로 내려와 식당으로 갔다. 상한 빵과 고기가 있었다. 포병과 내가 남겨 놓은 것이었다.

나의 집은 황량했다. 실낱같은 희망을 그처럼 오랫동안 붙들고 있었던 것은 결국은 어리석은 일이었음을 깨달았다. 그런데 그때 이상한 일이 일어났다! 누군가의 목소리가 들려온 것이다.

"이제는 소용없어요. 이 집은 버려진 겁니다. 열흘째 이 집에 온 사람은 아무도 없어요. 여기서 지내면서 괴로워하지 말아요. 당신밖에 탈출할 수가 없었잖아요."

나는 화들짝 놀랐다. 아니, 내 마음이 소리를 냈단 말인가? 돌아보니 등 뒤에 정원으로 통하는 문이 열려 있었다. 문 쪽으로 다가가 밖을 내다보았다.

그 순간, 나는 놀랍고 두려워 몸이 굳었다. 거기에, 나처럼 놀라움과 두려움이 가득 찬 얼굴로 사촌과 아내가 서 있었다! 아내는 얼굴이 하얗게 질려서는 눈물도 흘리지 않았다. 아내의 입에서 희미한 외침이 터져 나왔다.

"나, 왔어요. 나는 알고 있었어요. 알고 있었다고요……."

아내는 손으로 목을 감싸며 앞으로 쓰러지려고 하였다. 나는 얼른 뛰쳐나가 그녀를 꼭 껴안았다.

에필로그

 이제 내 이야기를 마무리하면서 한 가지 유감스러운 점을 말해야겠다. 그것은 아직 풀리지 않은 많은 문제들에 대해 내가 그다지 도움을 줄 수 없다는 사실이다.
 내 전공은 철학이다. 비교 생리학에 관한 내 지식은 몇 권 안 되는 책에서 얻은 것뿐이다. 하지만 나는 화성인들이 미생물 때문에 죽었을 가능성이 아주 높다고 본다.
 전쟁이 끝난 뒤 화성인들의 시체를 모두 검사한 결과, 거기에서는 지구의 미생물 말고는 어떠한 것도 발견되지 않았다. 그들은 죽은 사람들의 시체를 땅에 묻지도 않고 닥치는 대로 죽였다. 아마도 부패 과정에 대해 전혀 몰랐던 것 같다. 하지만 이것은 추측일 뿐, 증명된 결론은 아니다. 검은 독가스에 대해서도 그렇고, 열 광선이 작용하는 방식도 아직 수수께끼로 남아 있다.

더 중대하고도 보편적인 관심사는 화성인들이 다시 침공할 가능성이 있는가, 하는 것이다. 아직도 사람들은 그 점에 대해 심각하게 고려하거나 대처하려 하지 않는다. 나는 화성이 지구에 가까이 다가올 때마다 그들이 다시금 지구를 노릴까 봐 두렵다. 우리는 대비를 해야 한다. 우주선이 발사된 지점을 알아내어 그 지역을 자세히 관찰하면서 미리 대비할 수 있다고 본다.

대비를 하면, 화성인이 밖으로 나오기 위해 원통 우주선이 식기를 기다리는 동안 그것을 파괴시킬 수 있을 것이다. 아니면 화성인이 우주선의 뚜껑을 열고 나오자마자 쏘아 죽일 수도 있다. 화성인은 첫 번째 기습에 실패했기 때문에 이전에 우월했던 점을 상당히 잃었을 것으로 보인다. 그들도 아마 그 사실을 깨달았을 것이다.

한 천문학자는 화성인이 금성에 착륙했다는 가설을 입증하는 믿을 만한 근거를 제시했다. 그에 따르면 지금으로부터 일곱 달 전, 금성과 화성이 일직선상에 자리했다고 한다. 그 뒤에 두 행성 표면에서 같은 모양의 검은 점이 발견되었다는 것이다. 이것은 한 곳에서 다른 곳으로 우주선이 옮아갔다는 것을 암시한다.

아무튼 우리가 또 다른 침공을 예상하든 못하든, 이번 사건을 계기로 우리는 미래에 대한 견해를 바꾸어야 한다. 다들 겪었다시피, 이제 지구는 인간에게 안전한 곳이 아니다. 언제 갑자기 우주 어딘가에서 어떤 존재가 우리를 찾아올지 알 수 없다. 그것이 선한 존재이든 악한 존재이든 간에 말이다.

이번에 일어난 화성인 침공은 결국 인류에게 교훈을 주었다고 할 수 있다. 그 일로 인류는 미래에 대한 자신감을 잃었다. 오히려 그 점이 도움이 되었다. 과학이 크게 발전하였고, 복지 문제에 대한 생각도 그에 못지않게 발전하였다.

어쩌면 화성인들도 머나먼 우주 공간 저 너머에서 같은 종족이 겪은 일을 지켜보며 많은 것을 깨달았을지 모른다. 그래서 금성에서 더 안전한 정착지를 찾았을는지도 모른다. 그렇다 하더라도 앞으로 몇 년 동안은 화성을 계속 주의 깊게 관찰해야 한다. 하늘에서 떨어지는 별이라면 무엇이든 인류는 경계해야 할 것이다.

이제 사람들의 사고 영역은 엄청나게 넓어졌다. 전쟁 전까지만 해도 우주에는 우리가 사는 이 조그만 행성에만 생명체가 존재한다는 것이 일반적인 생각이었다. 이제 우리는 더 멀리 내다보게 되었다. 만약 화성인이 금성에 갈 수 있다면 당연히 인간도 그렇게 할 수 있다. 태양이 서서히 식어 버려 결국 지구에서 살 수 없는 날이 온다면 지구의 생명체는 이웃 행성으로 이주하여 살아야 할지도 모른다.

하지만 이것은 아직 먼 꿈이다. 우리의 바람과는 다르게 화성인들은 다시 이곳을 지배할 수도 있다. 미래는 그들에게 달린 것이지 우리 마음대로 되는 것은 아닐지 모른다.

솔직히 고백하자면, 화성인에게 쫓겨 다니면서 내 마음속에는 긴장감과 불안, 의심이 깊이 뿌리 내렸다. 서재에 앉아 등불 앞에서 글을 쓰다가도 불현듯 저 아래 불에 휩싸인 계곡이 보이고, 이 집과 내 주변에 아무것도 없는 듯한 느낌이 든다.

바이플리트 거리로 나가 본다. 마차들이 스쳐 가고 푸줏간 집 아이가 수레를 타고 지나간다. 마차에 가득 탄 관광객들, 자전거를 탄 노동자, 학교에 가는 아이들……. 그러다 갑자기 그들이 낯설고 비현실적인 존재로 느껴진다. 나는 다시 포병과 함께 끔찍한 정적 속에서 헤맨다.

밤이면 검은 먼지로 뒤덮인 적막한 거리와 뒤틀린 시체들을 본다. 시체들이 개에게 뜯겨 살점이 떨어져 나간 모습으로 내 앞에 선다. 그들은 알아들을 수 없는 말을 지껄이다가 점점 사나워지면서 얼굴이 창백하고 흉측하게 변한다. 나는 식은땀을 흘리며 어둠 속에서 잠을 깬다.

런던 거리에서 바삐 오가는 사람들을 본다. 그들은 내가 보았던, 텅 빈 거리를 헤매는 죽은 사람들의 혼령이 아닐까.

프림로즈 언덕에 올라가도 이상한 기분이 든다. 바로 어제, 이 마지막 장을 쓰기 전날에도 그랬다. 저 멀리 지평선까지 뻗은 집들이 연기와 안개 속으로 사라졌다. 사람들이 꽃밭 사이를 거닐고, 구경꾼들이 아직도 거기에 서 있는 화성인의 기계를 에워싸고 있었다. 아이들이 뛰노는 소리가 들려왔다. 그리고 그 위대한 마지막 날의 맑은 새벽 하늘과 고요함이 떠올랐다.

무엇보다 기이한 일은 내가 다시금 아내의 손을 잡고 있다는 것이다. 또한 죽은 자들 사이를 헤맬 때에도 나는 늘 아내를 생각했고, 아내도 늘 나를 생각했다는 사실이다.

| 《우주 전쟁》 제대로 읽기 |

화성인에 빗대어
인간 사회를 풍자하다

계득성 _ 전 서울 신목고등학교 국어 교사

놀라운 상상, 그 속에 담긴 더 놀라운 진실

"무엇을 상상하든 그 이상을 보게 될 것이다."

이것은 영화 〈매트릭스〉 제2편의 홍보 문구로 잘 알려진 말이다. 첨단 과학 문명의 시대로 불리는 21세기를 살아가는 우리는 그야말로 '상상의 끝자락'까지 와 있는 듯하다.

이제 영화나 소설을 만드는 사람들은 어지간한 상상력으로는 보는 이들의 관심을 끌지 못한다. 애꾸눈에 초록빛 피부를 가졌다든가 입속에서 또 하나의 생명체가 튀어나오는 외계인, 우주에서 날아온 소행성으로 멸망하는 지구, 급기야는 지구의 환경오염으로 한강에 나타난 괴물에 이르기까지……. 여기에 컴퓨터 그래픽이라는 첨단 기법은 상상을 눈앞의 현실로 착각하게 할 정도로 오싹하고도 짜릿한 경험을 우리에게 선사한다.

혹시 이런 질문을 품어 본 적이 있는지. 지금은 이렇게 친숙한 (?) 외계인과 지구인 간의 싸움을 다룬 이야기는 과연 언제, 누가 시작했을까?

그 실마리를 찾을 수 있는 작품이 바로 허버트 조지 웰스의 소설 《우주 전쟁》이다. 그는 지금보다 백 년도 더 앞선 1898년, 과학을 바탕으로 외계인에 대한 상상을 풀어냈다.

'화성에 생명체가 산다면? 그리고 그것이 지구에 쳐들어온다면…….'

그야말로 당시에는 '상상했던 것 이상의 것'이 세상에 불쑥 등장한 것이다. 오늘날 흔히 'SF'라 부르는 공상 과학 소설이나 영화, 판타지 작품들은 알고 보면 그의 상상력에 기댄 셈이다. 쉽게 말해 《우주 전쟁》은 '공상 과학 작품의 시조'쯤 된다고 할까?

공상 과학 소설 Science Fiction

공상 과학 소설은 19세기 후반, 산업 혁명의 영향으로 과학에 대한 관심이 확산되면서 새로이 등장한 문학의 한 갈래이다. 물론 19세기 이전에도 SF의 시조라 할 만한 작품은 있었다. 유토피아 섬에서의 삶을 과학적으로 그린 토머스 모어의 소설 《유토피아》(1516), 프랑스 작가 시라노 드 베르주라크가 쓴 《달나라 이야기》(1657)와 《해나라 이야기》(1662) 등이 그것이다.

SF의 실질적인 출발점으로 메리 셸리가 쓴 《프랑켄슈타인》(1818)을 꼽는 경우도 있다. 이 소설은 다윈의 진화론 등 당시의 첨단 과학을 바탕으로, 과학을 비윤리적으로 이용할 때 나타나는 위험을 경고했다. 또 미국 작가 에드거 앨런 포는 열기구를 타고 달나라로 여행하는 내용의 단편 소설 〈한스 팔의 환상적인 모험〉(1839)을 발표했다.

유럽에서는 19세기 말과 20세기 초에 걸쳐 190편 이상의 SF가 쏟아져 나오면서 SF의 틀을 잡았다. 영국 작가 로버트 루이스 스티븐슨의 《지킬 박사와 하이드》(1886), 코난 도일의 《잃어버린 세계》(1912)도 이때 발표된 작품이다.

그러나 뭐니 뭐니 해도 이 시기의 대표적인 SF 작가는 《해저 2만 리》로 유명한 프랑스 작가 쥘 베른과 《우주 전쟁》을 쓴 허버트 조지 웰스이다. 쥘 베른이 다가올 과학 문명에 대해 경이로움과 희망을 그렸다면, 웰스는 독특한 상상력으로 의심과 비관적 태도를 보여 주었다. 웰스의 지적인 성찰과 비판 의식은 후대 SF 작가들에게 누구보다도 큰 영향을 미쳤다.

초현실주의 화가 안톤 브레진스키가 그린 화성인. 《우주 전쟁》이 보여 준 화성 생명체에 대한 공상은 수많은 예술 작품과 영화, 게임 등의 모태가 되었다.

그런데 작가 웰스는 그저 상상력을 뽐내려고 이런 작품을 쓴 것이 아니었다. 외계인의 지구 침략이라는 소재를 끌어 와, 사실은 인간 자신과 사회를 돌아보게 하고 싶었던 것이다.

그가 《우주 전쟁》에서 진짜 하려 했던 이야기는 무엇일까? 이제 그 상상과 현실의 놀라운 만남을 음미해 보자.

화성인이 쳐들어온다! 지구는 누가 지키지?

20세기 초 어느 날, 영국 런던 부근의 작은 마을에 화성에서 온 우주선이 착륙한다. 곧 이 이상한 원통형 물체에 대한 소문이 퍼지면서 사람들이 모여든다.

마침내 그날 저녁, 원통형 물체에서 혐오스럽기 짝이 없는 화성인이 나타난다. 호기심과 두려움을 품은 사람들이 우주선이 착륙한 구덩이를 둘러싼 가운데, 천문학자 오길비와 헨더슨 등 사절단이 대화를 시도하려 다가간다.

1906년 판 《우주 전쟁》의 삽화. 화성인의 전투 기계가 광선을 발사하는 장면이다.

그때, 우주선에서 불길이 치솟더니 화성인이 열 광선을 발사한다. 그러자 사절단을 비롯한 주변 사람들이 불길에 휩싸여 순식간에 죽고 만다. 화성인들의 지구 침공이 본격적으로 시작된 것이다.

곧이어 화성인들의 우주선이 하나 둘 도착하면서, 전투 기계로 무장한 화성인들이 지구인들을 무차별적으로 살육한다. 그들은 영국의 심장부인 런던을 향해 나아가면서 열 광선과 독가스를 마구 내뿜는다. 그것들은 무엇이든 삽시간에 휩쓸어 버리는, 그동안 지구인들이 상상하지도 못했던 무서운 무기였다.

문어를 닮은 화성인을 입체적으로 묘사한 1984년 판 삽화

'나'는 레더헤드의 사촌 집에 아내를 데려다 놓고는 화성인들의 살육 현장을 돌아다니며 목숨을 건 피난길에 오른다. 그 와중에 집으로 숨

어든 포병과 피난 중인 목사를 만나 죽음의 고비를 넘는다.

한편, 런던에 있던 남동생도 화성인들을 피해 도망 다니는 신세가 된다. 피난길에 동생은 어느 의사의 부인과 여동생을 위험에서 구하고, 그들과 함께 배에 올라 바다에서 벌어지는 화성인과의 전투를 목격한다.

'나'와 동생이 본 화성인은 상상을 뛰어넘을 만큼 기괴하다. 커다란 머리에 입술이 없는 입, 가느다란 채찍처럼 생긴 열여섯 개의 촉수……. 화성인들의 몸에는 소화 기관이 없다. 사람이나 다른 생물의 피를 뽑아 자신의 몸에 주입한다. 또한 잠을 자지 않고도 하루 종일 활동할 수 있으며 남녀의 구별이 없다. 일찍이 어떤 작가는 인류가 진화할 모습을 예측했는데, 그 특징이 놀랍게도 화성인의 그것과 닮은 데가 많았다.

화성인들을 피해 빈 집에 '나'와 함께 숨어 있던 목사는 반미치광이가 되어 죽음을 맞이하고, '나'는 혼자서 피난을 가다가 우연히 이전의 포병을 다시 만난다. 그의 논리정연한 주장에 나도 모르게 빠져들지만, 그는 걷잡을 수 없는 몽상에 들떠 정작 행

《우주 전쟁》의 주요 배경인 영국 템스 강. 런던 타워를 지나는 화물선이 19세기 당시 이곳의 풍경을 말해 준다.

동으로 옮기는 데에는 게으르기만 하다. 결국 '나'는 시간을 헛되이 보낸 것을 후회하며 그를 떠난다.

우여곡절 끝에 홀로 런던에 도착한 '나'는 고요한 가운데 울려 퍼지는 이상한 울음소리를 듣는다. 그러다 언덕 위에 서 있는 화

성인의 전투 기계를 발견하고는 자포자기하는 심정으로 그것에 달려든다.

그 순간, '나'는 화성인들의 시체와 기계들이 아무렇게나 널려

지구인이 화성을 침공한다면…

언젠가는 우리도 지구 밖 다른 행성에서 살 수 있을까? 영화 〈토탈 리콜〉은 화성이 지구화되었다는 가정 아래 그곳에서 일어날 법한 일들을 그렸다. 실제로 화성의 환경은 다른 행성들에 비해 여러 면에서 지구와 가장 비슷하다고 한다.

화성으로 간 지구인들을 그린 영화 〈레드 플래닛〉. 서기 2025년, 지구가 극심하게 오염되자 인류는 화성에 이끼를 심어 산소를 만들어 내려 한다.

하지만 화성은 지구보다 중력이 약하며 물이 부족하거나 없어 지금과 같은 상태로는 사람이 살 수 없다. 그래서 과학자들은 화성의 환경을 이용해 필요한 자원을 만들어 내야 한다고 말한다. 우선 화성의 토양에는 칼슘과 유황이 섞ок 형태로 섞여 있는데, 이것으로 벽돌이나 시멘트를 만들 수 있다. 또 화성의 대기는 95퍼센트가 이산화탄소이므로 지구에서 가져간 수소로 반응을 일으켜 액화산소와 메탄가스 연료를 제조할 수 있다. 무엇보다 충분한 산소가 필요한데, 이것은 극한 온도에서도 살 수 있는 남조식물을 심어 광합성을 일으키면 만들어 낼 수 있다.

어떤 과학자들은 화성을 지구화하는 데 300년밖에 걸리지 않는다고 주장하고, 어떤 이들은 화성보다 금성을 지구화하는 것이 더 유리하다고 말한다.

화성의 지구화는 이미 진행되기 시작했다. 미국 애리조나 대학에서 '산소 생산 시스템'을 개발했는데, 미국 항공 우주국(NASA)은 앞으로 발사되는 모든 화성 탐사선에 이 장비를 실어 화성에서 산소를 만들겠다고 발표했다. 다른 별에 가서 사는 일, 우리의 먼 후손에겐 꿈이 아닐지도 모른다.

화성의 극지대. NASA의 무인 탐사선이 2006년 10월에 보내 온 사진으로, 흰 부분은 얼음 지대이며 주변의 어두운 부분은 모래 언덕이다.

있는 것을 목격한다. 놀랍게도 그들은 지구의 미생물에 면역이 돼 있지 않아 모두 죽은 것이었다.

이렇게 스무 날 남짓 이어진 전쟁은 막을 내린다. 이제 마지막 희망을 품고 집으로 돌아온 '나'. 그런데 전쟁의 흔적만 남은 황량한 집에서 갑자기 사람의 목소리가 들려오는데…….

영국 제국의 오만함을 꼬집다

《우주 전쟁》의 원래 제목은《The War of the Worlds》이다. 다시 말해 '세계들의 전쟁' 또는 '행성들의 전쟁'이라 하겠다. 여기서는 화성인과 지구인이 벌이는 전쟁을 가리킨다.

그런데 화성인과 지구인 사이의 전쟁이라면서 왜 화성인과 영국, 영국 사람만 등장할까? 다른 나라에서는 화성인이 침략한 사실을 모르고 있었단 말인가?

우선 이 소설이 나온 시대를 살펴보자. 웰스가 《우주 전쟁》을 쓰던 19세기에 영국은 대제국으로 맹위를 떨쳤다. 영국 제국은 엘리자베스 1세 때 버지니아를 식민지로 삼고, 17세기 초부터 신대륙과 동양으로 적극 진출하였다. 그렇게 해서 미국이 독립하기 전 북아메리카·서인도 제도·인도

19세기 런던 하이드 파크에 모여든 귀족들. 《우주 전쟁》에 등장하는 화려한 차림새의 영국 귀족들은 바로 이런 모습이었을 것이다.

등을 지배하던 당시 체제를 제1차 제국이라 했고, 19세기에 들어 캐나다·인도·오스트레일리아·뉴질랜드·남아프리카 등의 지역을 지배한 것을 제2차 제국이라고 했다.

결국 영국은 지구 전체 면적의 사 분의 일에 이르는 땅을 식민지로 삼아, '해가 지지 않는 나라'라는 별칭까지 얻게 되었다. 제국의 확장을 주도한 영국의 지배층은 으레 자신들이 세계의 중심이자 지구를 대표한다고 여길 정도였다.

물론 웰스는 그런 영국의 자만심을 지지하려고 그곳을 배경으로 삼았던 것이 아니다. 오히려 영국이 식민지에 가한 무자비한 침략과 약탈을 꼬집으려 했다고 볼 수 있다.

이 소설에서 '나'는 화성인의 침략에 대해 다음과 같이 말한다.

> 우리는 지금까지 이 지상의 동물들에게, 심지어 같은 종족인 인간에게 얼마나 포악하게 굴어 왔는지를 떠올려야 한다. 인간의 무자비한 폭력 때문에 사라진 아메리카들소나 도도새를 생각해 보라. 또한 호주 남동쪽의 태즈메이니아 섬에 살던 사람들은 유럽 이민자들의 손에 오십 년이 채 못 되는 사이 지구상에서 자취를 감추고 말았다. 만약 화성인들이 그와 똑같이 우리를 공격한다면 과연 그들에게 자비를 구할 수 있을까?

태즈메이니아 최후의 원주민(가운데). 이 섬에는 1642년 발견 당시 5000여 명의 원주민이 있었으나 이 여인이 죽은 1876년에 결국 멸종되었다.

즉 화성인들이 지구를 침략한 것은 영국 제국주의자들이 식민지의 원주민을 점령한 것과 비슷한 상황이라는 얘기다. 세계에서 가장 강한 기술과 전투력을 앞세워 곳곳에 식민지를 건설하고 다른 민족을 무자비하게 멸종시키는 영국인이나, 지구인들을 짓밟는 화성인들이나 별로 다를 바가 없다는 것이다.

《우주 전쟁》은 영국의 수도 런던과 그곳에 사는 사람들이 무참히 파괴되는 모습을 생생하게 그렸

대영 제국의 빛과 그늘

'그들은 네 발로 기어갔다. 그러고는 영국군의 군화에 입을 맞추었다.' 1896년 아샨티 왕국(지금의 가나)의 왕 프렘페의 항복 장면. 아샨티는 1902년에 영국의 공식 식민지가 되었다가 1957년에 독립했다.

유럽 국가들은 15세기 말에 신항로를 발견한 뒤부터 앞 다투어 세계로 진출했다. 그중에서도 포르투갈, 스페인, 네덜란드, 영국의 활동이 두드러졌다.

침략을 받은 민족들은 거세게 저항했지만, 대포로 무장한 유럽 인들을 이길 수는 없었다. 1870년대부터 1914년까지 유럽 제국들은 경쟁적으로 식민지를 넓혔다. 그 결과 아프리카를 비롯해 아시아와 태평양의 많은 지역을 유럽이 나누어 차지했다.

사실 영국은 17세기까지만 해도 스페인이 식민지에서 얻어 온 자원을 해상에서 약탈하는 해적 국가였다. 이에 분노한 스페인이 무적 함대를 출동시켰고 여기서 승리한 영국이 대서양을 제패한다. 영국은 섬나라이기에 해군의 힘이 강했으며, 다른 유럽 국가들이 서로 싸우는 동안 세계로 눈을 돌릴 수 있었다. 또한 17세기 중반부터 수많은 영국인들이 종교의 자유를 찾거나 돈을 벌기 위해 전 세계로 이주했다. 20세기까지 영국인 이민자 수는 2000만 명을 넘어섰다. 이들은 영어와 기독교를 다른 대륙에 퍼뜨려 최초로 세계화를 이루었다.

그러던 영국 제국은 20세기에 들어 몰락의 길을 걷기 시작했다. 독일 등 다른 유럽 제국들과의 전쟁 때문이었다. 영국은 두 차례에 걸친 세계 대전에서 승리했지만 막대한 전쟁 비용으로 파산했다.

영국 제국의 영향으로 오늘날 영어는 실질적인 세계 공용어가 되었으며, 의회 민주주의가 정착하고 자유 무역이 확대되었다. 하지만 한편으로 식민지 건설에 따른 노예 제도와 인종 차별 등의 부정적인 결과도 생겨났다.

제1차 세계 대전 당시 복속된 식민지들을 기념하여 영국에서 발행한 엽서. 대영 제국의 깃발 아래 인도, 오스트레일리아, 남아프리카, 뉴질랜드가 점령당했음을 보여 준다.

다. 당시 영국 독자들은 이 대목들을 읽으면서 식민지 사람들이 겪었을 혼돈과 끔찍함을 간접적으로 느꼈을 것 같다.

영국을 비롯한 서구 문명 국가들은 '신대륙 발견'이라는 이름 아래, 원주민들이 살고 있는 대륙을 마음대로 지배했다. 그런데 그들이 '신대륙'이라 명명한 곳에 오랜 세월 동안 살아온 사람들은 어떻게 느꼈을까? 어느 날 우리 집에 난생처음 보는 이상한 얼굴과 낯선 옷차림을 한 사람들이 나타나 새로 발견한 곳이라며 깃발을 꽂아 놓고 제멋대로 들어와 산다고 생각해 보자. 그야말로 외계인이 지구를 침략한 것 못지않게 황당하고 충격적이지 않을까? 당시 서구 문명 국가들이 지배한 땅에 살던 원주민들 역시 그러했을 것이다. 더욱이 그들은 '문명'의 혜택을 준다는 명목으로 원주민들만의 문화와 전통을 짓밟는 일까지 서슴지 않았으니 말이다.

이 소설에는 기이한 '붉은 잡초'가 등장한다. 화성인들과 함께 지구에 뿌리 내린 이 식물은 화성인들이 지배 영역을 넓히면 넓힐수록 더 왕성하게 번져 나간다. 그래서 토착 식물들까지 잠식해 대지를 붉게 물들인다. 원래 자리 잡고 있던 지구 생태계를 파괴하는 것이다. 마치 식민지를 자신들의 것으로 물들인 제국주의자들처럼…….

이렇듯《우주 전쟁》은 제국주의가 다른 민족에게 얼마나 잔혹한 일을 저질렀는지 짚어 냈다. 이후에 다른 작가나 영화 감독들이《우주 전쟁》을 각색하면서 그 배경을 미국으로 바꾼 것은 자연스러운 결과인 듯하다.

대표적인 예로 영화 감독 오선 웰스는 소설

스티븐 스필버그 감독의 2005년 영화 《우주 전쟁》. 여기서는 붉은 식물이 핏빛으로 물든 지구를 상징적으로 보여 준다.

문명이 추방한 새, 도도 Dodo

도도새는 16세기에 아프리카 모리셔스 섬에서 네덜란드와 포르투갈 선원들에게 처음 발견되었다. 이 새는 사람을 전혀 무서워하지 않았고 몸무게가 25킬로그램에 달해 날지도 못했다. 그래서 선원들은 포르투갈 말로 '바보'를 뜻하는 '도도'라 부르며 마구 잡아먹었다. 거기다 섬에 사람들이 정착하여 산림을 파괴하고 가축을 기르면서 도도새의 서식지와 먹이가 줄어들고 쥐가 질병을 퍼뜨려, 이 새는 1663년에 마지막으로 목격된 뒤 영영 사라졌다. '인간의 손에 멸종된 최초의 종', 도도새는 이제 모리셔스 섬에서 인형이나 티셔츠 등 기념품의 모습으로 관광객들을 맞이한다.

《우주 전쟁》이 발표된 지 40년이 지난 1938년에 원작을 각색하여 라디오 드라마로 내보냈다. 이 드라마는 영국이 아닌 미국 뉴저지 주의 그로버스 밀을 배경으로 삼았는데, 마침 그 당시에는 미국이 카리브 해와 필리핀, 남아메리카 등지에 식민지를 건설하면서 영국을 이은 제국주의 국가로 힘을 휘두르고 있었다. 말하자면 영국 제국주의를 비판한 소설이 같은 길을 걷는 미국을 비판하고 풍자하는 드라마로 거듭난 것이다.

문명이 발전한 사회, 유토피아인가 디스토피아인가

《우주 전쟁》이 쓰인 때는 1800년대 말이다. 따라서 그 시대에는 아무리 상상력을 자랑했다고 해도 우리 눈에는 그리 신기하

라디오 드라마가 빚은 웃지 못할 소동

1938년 10월 30일 일요일 저녁 7시 58분, CBS 라디오를 듣던 미국 뉴저지 주의 수많은 사람들이 혼비백산하는 대소동이 벌어진다. 이 사건을 일으킨 장본인은 영화 〈시민 케인〉의 감독으로 유명한 오선 웰스. CBS 라디오 프로그램 〈더 머큐리 시어터 온 디 에어(The Mercury Theatre on the Air)〉를 기획·연출한 웰스는 소설 《우주 전쟁》을

1938년 당시 사건을 다룬 신문 기사

각색해 방송했다. 그는 방송을 내보내기 전에 그것이 실제 상황이 아니라 드라마라는 사실을 알렸다. 그러나 드라마의 첫머리에 뉴스 형식을 끼워 넣어, 사람들은 진짜로 화성인들이 습격한 것으로 착각했던 것. 그런데 사건은 여기서 끝나지 않았다.

1944년 11월 12일, 칠레 산티아고의 한 라디오 방송국에서는 웰스의 연출 방법을 그대로 본떠 〈화성으로부터의 침공〉이라는 방송을 내보냈다. 이것을 들은 일부 시민들은 거리에 바리케이드를 쳤고, 칠레 당국은 화성인들을 물리치기 위해 군대를 출동시키기까지 했다.

1949년 2월 12일, 에콰도르의 수도 키토에서 한 라디오 방송국이 〈화성인의 공격〉이라는 드라마를 실제 일처럼 제작하여 방송했다. 이 드라마는 화성인들이 도시와 공군 기지 등을 완전히 파괴하고 수많은 사람들이 부상당했다는 내용을 속보 형식으로 내보냈다. 이어 장관 역을 맡은 배우가 담화문을 발표하고, 시장 역을 맡은 배우는 여성과 아이들을 산으로 대피시키고, 남성들은 전투 준비를 해 달라고 호소했다. 사제 역을 맡은 배우는 신의 은총이 내리기를 간절히 기원했다.

이에 사람들이 소스라치게 놀라 거리로 뛰쳐나왔다. 당황한 방송 관계자들이 드라마라고 해명하자 군중의 분노는 더욱 거세졌다. 결국 방송국 직원들이 건물 밖으로 도망쳤으나 미처 떠나지 못하고 갇혀 있던 여남은 명의 직원들은 사람들이 지른 불로 다치거나 추락했다.

이 밖에도 1968년 10월 30일 뉴욕에서도 이와 비슷한 방송으로 시청자들이 크게 놀랐고, 1974년에 미국 로드아일랜드에서는 핼러윈 데이에 맞춰 《우주 전쟁》을 방송으로 내보냈다고 한다.

라디오 드라마 〈우주 전쟁〉에서 실감나는 연기를 하는 오선 웰스. 이 방송은 녹음되어 지금도 음반으로 판매되고 있다.

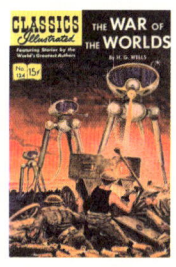

《우주 전쟁》은 시대를 거듭하며 다양한 형식으로 만들어졌다. 왼쪽부터 소설(1927·1955), 뮤지컬(1978), 만화(2000) 작품

지 않다. 이미 몇십 년 전부터 사람들은 이 작품에서 그린 외계인이나 우주선의 모습, 화성인들이 쏘아 대는 열 광선이나 독가스 따위에 놀라지 않는다. 그런 건 벌써 영화나 다른 소설에서 더 화려하고도 충격적으로 보여 줬으니까. 게다가 소설 속의 과학적 견해나 상상이 다 옳은 것도 아니다. 한마디로 지금 우리가 보기에는 '시시한' 공상 과학 소설이기 십상이다.

하지만 여기서 눈여겨볼 것은 할리우드 공상 과학 영화와 같은 현란한 볼거리도, 실감나는 공포도 아니다. 바로 죽음에 맞닥뜨린 사람들, 그 자체이다.

서로 먼저 도망치려고 아귀다툼을 하고 물건과 돈 앞에 눈이 멀며, 망상에 들뜨거나 종교에만 매달리다 제정신을 잃은 얼굴들, 그리고 희망이 있을 거라고 믿다가도 좌절을 거듭하는 상황……. 그런 모습 하나하나에 작가는 돋보기를 갖다 댄다. 단지 쫓기기만 하고 죽어 나가는 한 무리의 사람들이 아니라, 살기 위해 처절하리만큼 안간힘을 쓰는 개개인의 다양한 얼굴을 비추는 것이다. 그 모습은 개미나 벌, 토끼 등 다른 생명체들에 비유되기도 한다.

주인공 '나'와 남동생을 비롯한 사람들이 삶과 죽음의 고비를 넘는 과정을 지켜보면서 우리는 측은함과 함께 삶의 숭고함마저 느낀다. 거기에는 어떤 생명체나 어떤 인간을 막론하고 자기 아닌 다른 이를 존중해야 한다는 마음이 들어 있다.

서기 3000년에는 얼짱이 따로 없다?

2006년, 런던 정경 대학(LSE) 다윈 연구 센터의 올리버 커리 박사는 앞으로 1000년, 1만 년, 10만 년 뒤에 인류가 어떻게 진화할 것인지 연구했다.

그 결과, 서기 3000년경까지는 영양이 개선되고 의학과 기술이 발전하여 인류의 육체는 최고 전성기를 누릴 것이라는 예측이 나왔다. 평균 키 2미터에 평균 수명은 120살이며, 인종 간 피부색의 차이는 점차 사라져 갈색이 될 것이라고 한다. 또 유전자 조작과 성형 수술 등으로 외모가 한층 보기 좋아질 것이라고 한다.

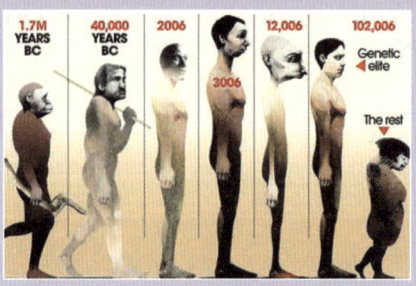

올리버 커리 박사가 예측한 인류의 진화 단계. 그의 주장에 따르면 서기 3000년경까지는 육체적으로 정점에 이르지만 그 후로 쇠퇴해 102006년이 되면 유전적으로 우월한 종족과 열등한 종족으로 뚜렷이 나뉜다.

하지만 커리 박사는 인류의 몸은 기술과 과학에 지나치게 의존한 나머지 점차 쇠약해질 것이라고 말한다. 12000년경 퇴보가 시작되어, 의사 소통 능력이 줄어들고 사랑과 동정, 믿음, 존경 등의 감정이 없어진다는 것. 그래서 102000년경이 되면 '유전적 부유층'과 '유전적 빈곤층'으로 나뉘어 있을 것이라고 한다. 즉 상류층과 고학력층, 건강한 사람들을 배우자로 선호한 탓에 유전적 불평등이 심해져 서로 뚜렷이 다른 두 가지 인종으로 갈라진다고. 유전적 부유층은 건강하고 날씬하며 창조적인 반면 빈곤층은 작고 나약하며 지능이 낮을 것으로 보았다.

이런 예측은 1895년 웰스가 발표한 소설 《타임머신》의 내용과 유사하다. 이 작품에서 80만 년 뒤 인류는 아름다움을 추구하며 지상에 사는 엘로이 족과 지하에서 노동하는 머록 족으로 나뉘어 살아간다.

주인공이 쓰던 글의 주제인 '문명이 진보함에 따라 도덕성도 발전하는가'에 대한 해답도 여기서 출발해야 할 것 같다.

당시 영국은 18세기에 이룬 산업 혁명의 결과로 과학과 기술이 눈부시게 발전했으며, 이를 바탕으로 군사·경제적인 면에서도 다른 나라들보다 훨씬 앞서 갔다. 웰스는 이런 식으로 문명이 발전해 가면 과연 인류에게 어떤 미래가 닥칠 것인지 고민했다.

《우주 전쟁》에서 기괴한 몸체에 행동이 굼뜬 화성인들은 빙하기를 맞아 멸망해 가는 화성에서 탈출하기 위해 과학을 발달시켰다. 그러고는 급기야 지구를 침략했다.

지구에 온 화성인들이 사용한 열 광선과 검은 독가스를 통해 작가는 인류에게 다가올 대량 살상 무기를 예고한 것은 아닐까? 미생물 때문에 죽어 가는 화성인들은 이 소설이 나온 지 백 년 뒤쯤 인류에게 닥친 치명적인 전염병들을 암시한 건 아닐지.

작가 웰스가 작품을 구상하며 스케치한 화성인. '몸통이자 얼굴'로 표현한 소설 속 내용이 그대로 드러나 있다.

그렇게 본다면, 작가 웰스는 오늘날 지구에서 일어나는 비극을 예견한 셈이다. 과학이 대량 살상 무기를 만드는 곳에 쓰이고, 그 무기가 국가 간의 끔찍한 전쟁으로 이어지는 21세기를 말이다.

이 소설은 에필로그에서 화성인이 금성을 침공했을지, 그리고 화성인이 지구를 다시 침공할지에 대하여 여운을 남겼다. 과학과 문명이 발달한 사회가 유토피아가 될지, 아니면 암울한 디스토피아가 될지는 우리 인류의 손에 달려 있다고 《우주 전쟁》은 웅변한다.

우주에 깃든 신화

화성은 붉게 보이기 때문에 옛 로마 사람들은 핏빛으로 물든 전쟁을 연상해 전쟁의 신 마르스라 불렀다. 이처럼 태양계 행성들은 각기 그리스·로마 신화에 등장하는 신들의 이름을 갖고 있다. (영문 뒤의 이름은 차례로 그리스·로마·영어 식 발음이다.)

이탈리아 화가 산드로 보티첼리가 그린 〈비너스와 아레스(Venus and Mars)〉. 미의 여신 비너스 앞에 무장을 벗은 채 잠든 아레스의 모습으로, 전쟁을 이기는 사랑의 힘을 상징한다. 이들 곁에 네 명의 사티로스가 아레스의 갑옷과 무기를 가지고 놀고 있다.

 태양 Sun, 헬리오스·솔·선 헬리오스는 네 마리의 말이 끄는 불의 수레를 몰고 매일 하늘을 동쪽에서 서쪽으로 가른다. 흔히 아폴론을 태양신으로 착각하는데, 그가 태양 광선을 상징하는 황금 화살을 지녔기 때문. 지구를 중심으로 생각했던 그리스 인들은 태양을 가이아(지구), 우라노스(천왕성), 새턴(토성)보다 낮추어 보았다. 1974년과 1976년에 독일이 쏘아 올린 태양 탐사선의 이름도 헬리오스였다.

 달 Moon, 아르테미스·디아나·다이아나 달의 여신인 셀레네(로마 이름 루나)와 동일시된다. 제우스와 레토의 딸이다. 원래는 대지, 특히 동식물의 다산(多産)과 번성을 주관하는 어머니 신이다.

 수성 Mercury, 헤르메스·메르쿠리우스·머큐리 전령의 신. 수성은 1초에 88킬로미터를 달려 88일 만에 태양을 한 바퀴 돈다고 한다. 그래서 고대 로마에서 신의 소식을 전하는 발 빠른 심부름꾼을 뜻하는 머큐리라는 이름을 붙였다.

 금성 Venus, 아프로디테·베누스·비너스 사랑과 풍요, 미의 여신. 달 다음으로 밝게 보이는 별. 지구와 가장 가깝기도 하지만 대기의 윗부분이 태양빛을 잘 반사하기 때문에 밝다고 한다. 예로부터 우리나라 사람들은 해 뜨기 전 동쪽 하늘에 보이는 금성을 샛별, 해 진 뒤 서쪽 하늘에 보이는 금성을 태백성 또는 개밥바라기라고 불렀다.

지구 Earth, 가이아 그리스 신화에 가장 먼저 등장하는 대지의 여신. 혼돈인 카오스에서 태어나 하늘과 바다, 산들을 낳았다. 그리스 인들은 지구를 우주 탄생의 출발점이자 중심으로 생각했다. 우주 만물이 유일신의 창조물이라 여긴 히브리 사람들과 달리 그들은 만물이 스스로 태어났다고 보았다.

화성 Mars, 아레스·마르스 전쟁의 신. 제우스와 헤라 사이에서 태어난 외아들이다. 1997년 미국의 화성 탐사선 패스파인더가 도착한 곳이 바로 화성의 아레스 평원이었다. 아레스는 아프로디테(금성)와 사랑을 나눠 쌍둥이 형제인 포보스(공포의 신)와 데이모스(패배의 신)를 낳았다. 화성이 붉은 이유는 흙에 섞인 철 성분이 녹슬었기 때문. 그래서 과거에 물이 있었다고 추측되기도 한다. 화성에는 에베레스트 산의 세 배가 넘는, 태양계에서 가장 높은 화산인 올림푸스 산이 있다. 남반구엔 크레이터가 많고 고지대가 이어지며, 물이 흐른 자국처럼 보이는 계곡도 있다. 극지방에는 하얀 극관이 있는데 그 주성분은 이산화탄소가 얼어붙은 드라이아이스이다.

목성 Jupiter, 제우스·유피테르·주피터 신들의 제왕. 아홉 행성 가운데 가장 크며, 다른 여덟 행성을 합한 것보다 무겁다. 자전 주기는 지구보다 훨씬 빨라서 열 시간도 안 된다. 그 덕분에 표면에 밝고 어두운 줄무늬가 번갈아 나타난다.

토성 Saturn, 크로노스·사투르누스·새턴 시간의 신. 우라노스(천왕성)와 가이아(지구) 사이에서 태어난 열두 티탄족 중 막내다. 그는 자식을 학대하는 아버지 우라노스를 몰아내고 왕이 되었다. 그러나 자신도 아들인 제우스(목성)의 손에 쫓겨났다. 토성은 목성 다음으로 큰 행성이며 가장 많은 위성을 거느렸다. 시간의 신이 된 이유는 그리스 인이 알고 있던 행성 중에 가장 느렸기 때문이다. 뚜렷한 고리를 두르고 있으며, 고리에는 얼음과 암석이 모여 있다.

천왕성 Uranus, 우라누스·우라노스·유러너스 하늘의 신. 가이아에서 태어나 가이아와 결혼했다. 최초로 우주를 지배한 신이지만 자식들을 내팽개친 탓에 아들 크로노스(토성)에 의해 왕위에서 쫓겨났다.

해왕성 Neptune, 포세이돈·넵투누스·넵튠 바다의 신. '청록색의 진주'라는 별명이 있다. 파랗게 보이는 까닭은 메탄 성분이 태양에서 오는 빛의 붉은색은 흡수하고 파란색은 반사하기 때문이다.

명왕성 Pluto, 하데스·플루토 지하 세계의 왕. 크로노스의 맏아들로, 하데스는 눈에 보이지 않는 것이라는 뜻. 그의 아내는 데메테르의 딸이자 저승의 여왕인 페르세포네이다.

《우주 전쟁》제대로 읽기 | **185**

과학의 눈으로 미래를 내다본 사회주의자, 웰스

시간을 거슬러 과거로 갈 수는 없을까? 또는 시간을 앞당겨 미래를 엿볼 수는 없을까? 사람의 몸을 유리처럼 투명하게 만들어 다른 사람의 눈에 띄지 않게 할 수는 없을까? 내가 투명 인간이 되면 무슨 일부터 할까?

타임머신이나 투명 인간은 누구나 어린 시절에 한 번쯤 상상해 보았을 것이다. 언젠가 과학이 더 발달하면 이루어질 수도 있을 법한 이런 상상이 이미 백여 년 전에 소설 속에 구현되었다.

《우주 전쟁》을 쓴 허버트 조지 웰스는 《타임머신》, 《투명 인간》 등으로도 잘 알려진 공상 과학 소설 작가이자 문명 비평가이다. 그는 일생 동안 백 권이 넘는 책을 썼다.

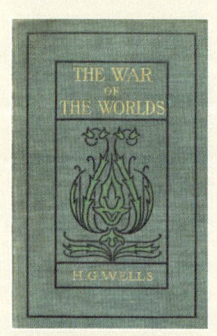
1898년에 나온 《우주 전쟁》 초판본 표지

웰스는 1866년 9월 21일 잉글랜드의 켄트 주 브럼리에서 태어났다. 아버지는 작은 도자기 가게를 하는 상인이었고, 어머니는 어느 귀족 집안의 가정부였다.

그는 어려운 집안 형편과 낮은 계급 탓에 교육을 받지 못한 채 양복점에서 일을 배우다 열여덟 살이 되어서야 런던 대학의 전신인 왕립 과학 학교에 들어갈 수 있었다. 그곳에서 유명한 생물학자인 헉슬리를 만나 진화론과 생태학을 배웠다. 훗날 그가 쓴 공상 과학 소설도 이때 배운 과학 지식에서 영감을 얻었다고 할 수 있다.

대학을 졸업한 뒤 웰스는 홀트 아카데미에서 과학 교사이자 축구 코치로 있었는데, 축구 연습 경기를 하다가 예기치 않은 부

다른 그림 찾기,
《우주 전쟁》은 어떻게 변주되었나

웰스의 소설 《우주 전쟁》은 1953년 바이런 해스킨 감독이 영화로 만들었고, 그 영화를 스티븐 스필버그가 2005년에 리메이크했다. 기본 골격은 비슷하지만 인물과 배경에서 다른 점이 많다.

우선 원작 소설이 19세기 말에서 20세기 초 영국 제국주의를 비판했다면, 1953년에 나온 영화는 미국을 배경으로 히로시마 원자 폭탄 투하 이후의 핵 공포를 그렸다. 2005년 영화에서는 미국 뉴욕을 중심으로 9·11 테러 이후 미국인들이 지닌 공포를 대변한다. 그런데 지구를 습격하는 존재가 원작 소설과 1953년 영화에서는 화성인으로 분명한 데 비해 2005년 영화에서는 막연히 '외계인'으로 되어 있다. 화성에 생명체가 없다는 사실이 이미 널리 알려졌기 때문인 듯하다.

영화 〈우주 전쟁〉의 1953년 판(왼쪽)과 2005년 판. 주인공을 둘러싼 주요 인물이 서로 다르다.

주인공의 직업은, 원작과 1953년 영화에서는 각각 철학자와 생물학자·천문학자로 지식인이지만 2005년 영화에서는 주연 배우 톰 크루즈가 부두 노동자로 나온다.

세 가지 버전 사이에 가장 크게 다른 부분은 주인공과 함께하는 주변 인물들이다. 원작 소설에서 중요한 주변 인물은 겁쟁이 목사와 군인(포병)이다. 주인공은 공포에 사로잡혀 정신이 나갈 지경에 이르는 목사의 모습에서 인간의 나약함을 보는 한편, 화성인을 지배할 계획에 들뜬 군인에게서 인간의 무모함을 발견한다. 이에 비해 1953년 영화에서는 주인공 곁에 그를 흠모하는 여인이 나온다. 여자의 삼촌으로 목사가 등장하기는 하나, 외계인 앞으로 스스로 걸어가 죽는 것으로 되어 있다. 스필버그는 원작에서 천문학자로 나온 오길비를 공포에 질린 미치광이로 설정했다. 무엇보다 주인공 곁에 아들과 딸이 항상 함께한다는 것이 크게 다르다.

상을 입어 요양에 들어간다. 이 기간 동안 수많은 책들을 읽으면서 그는 지식의 기반을 더욱 넓히고 다졌다.

이후 그는 과학 잡지에 에세이와 비평을 기고하며 저널리스트로서 이름을 얻었다. 그러던 1895년, 마침내 그동안 쌓아 온 그의 지식과 상상력이 결실을 본다. 첫 번째 소설인 《타임머신》이 바로 그것. 이어 《모로 박사의 섬》과 《투명 인간》 등을 발표하면서 큰 인기를 끌었고 경제적으로도 안정되었다.

1897년 4월에는 주간지에 《우주 전쟁》을 연재하기 시작했다. 이듬해에 이 소설이 책으로 출간되자, 영국은 물론이고 미국에서도 폭발적인 호응이 일었다. 마침 그 무렵 미국 천문학자인 퍼시벌 로웰이 "화성에 생명체가 살고 있으며, 운하를 판 흔적이 있다."라는 충격적인 주장을 펼쳐, 사람들이 화성에 큰 관심을 보였다. 《우주 전쟁》도 그 바람에 더욱 인기를 얻었다.

퍼시벌 로웰. 그는 1890년대 후반, 이탈리아의 스키아파렐리가 화성 표면에서 물이 흐른 흔적을 발견한 이후 화성 관측에 몰두했다. 로웰 천문대를 세웠으며, 화성에 생명체가 있을 것이라 끝까지 확신했다.

웰스는 소설 말고도 미래에 대한 날카로운 비판 의식을 담은 책들을 썼다. 1903년에는 사회주의를 실현하려는 지식인들의 모임인 페이비언 협회에 가입했다. 그 뒤로 《근대 유토피아》 등의 비평서들에서 자신의 사회주의 사상을 보여 주었다. 1908년에 그는 페이비언 협회를 떠났지만 사회주의자로서의 활동은 계속했다. 1918년에는 독일에 대항하는 선전전에 가담하였고, 1920년에는 소비에트 연방(구 소련)을 방문해 레닌과 면담했으며, 이듬해에는 워싱턴 회담에 참여했다.

《투명 인간》은 가난과 백색증을 이겨내려고 스스로 투명 인간이 되지만 비극을 맞고 마는 한 천재 과학자의 이야기이다.

《세계사 대계》(1920). 제1차 세계 대전 이후 웰스의 사회주의적 사상을 읽을 수 있는 방대한 역사서이다.

사회 사상가로서 웰스는 '인류가 진보하려면 먼저 민중을 교육해야 한다'고 생각했다. 또한 '단일 세계 국가'를 제창했는데, 이런 관점으로 쓴 책들이 《세계사 대계》, 《생명의 과학》, 《인류의 노동과 부와 행복》 등이다.

당시 웰스는 세계에서 가장 영향력 있는 사상가 가운데 한 사람으로 꼽혔다. 그는 유럽과 미국 언론에 사회 비평적인 칼럼들을 실었는데, 특히 1922년에 펴낸 《세계사 개관》은 인류가 생겨나기 이전의 역사에서 현대 유럽사까지 아우른 이야기로 당시 영국에서 널리 읽혔다. 이 책에서 그는 수많은 생물종 가운데 하나로 인류를 바라보면서 인종에 대한 편견과 국가주의를 비판했다.

그러나 제2차 세계 대전을 거치면서 웰스는 사회주의에 대한 낙관적 희망을 어느 정도 잃은 듯하다. 그는 세상을 떠나기 직전인 1945년에 개정한 《세계사 대계》에서, 자신의 세계관에 약간 잘못이 있었다고 밝혔다. 또한 이후 그의 아들이 아버지의 시각을 토대로 다시 쓴 2차 개정판에는 한국 전쟁이 동서

웰스의 초상화

이데올로기 분쟁의 가장 큰 희생물이라는 대목이 나온다.

웰스는 원자 폭탄이나 탱크가 만들어지기 훨씬 전에 그것들이 등장하는 전쟁 이야기를 썼고, 라이트 형제가 비행 시험에 성공한 지 얼마 되지 않아 비행기를 이용한 폭탄과 가스의 살포를 예언했다. 또 그는 자본주의 사회가 지속될 경우 계급 간의 차이가 더욱 커져 인류가 두 종류로 양극화할 것이라고 경고했다.

피 없는 혁명, 소리 없는 전진
페이비언 협회 Fabian Society

페이비언 협회는 1884년 영국에서 점진적인 사회주의화를 목표로 창립된 단체이다. 지금까지 활동하는 가장 오래된 사회주의 지식인 모임이다. '페이비언'이라는 말은 고대 로마의 명장 파비우스에서 따왔다. 파비우스는 라틴어로 '지연자'라는 뜻. 그는 한니발이 이끄는 카르타고와의 전쟁에서, 기회를 노리며 참고 기다렸다가 때가 오면 사정없이 공격하는 전법을 구사해 승리를 거두었다.

1889년에 발간된 《페이비언 사회주의》의 표지

페이비언 협회는 1900년 영국 노동당이 창당할 때 단체 당원으로 관여했고, 지금도 노동당에 강한 영향력을 행사하고 있다. 그들은 사회주의를 지지하면서도 '무정부주의, 폭력, 혼돈'에 반대해 '피 없는 혁명, 소리 없는 전진'을 제창했다. 혁명이 아닌 개혁, 개혁보다는 개량, 그것도 점진적으로 절차를 밟아서. 작가 허버트 조지 웰스는 이런 온건한 방식에 반발해 페이비언 협회를 탈퇴했다.

페이비언 협회는 오랜 세월 동안 7000여 명의 회원 수를 유지하고 있으며, 토니 블레어 수상을 비롯해 노동당 지도부의 대부분이 이 협회 출신이다.

페이비언 협회를 주도적으로 이끈 극작가 조지 버나드 쇼

더 나은 미래를 위해 과거의 역사를 탐구하고, 과학적 통찰로 미래를 예측하려 했던 허버트 조지 웰스. 그의 삶과 작품 세계는 우리에게 다양한 생각의 실마리를 던져 준다.

푸른숲
징검다리
클래식
010

우주 전쟁

첫판 1쇄 펴낸날 2007년 1월 20일
22쇄 펴낸날 2024년 6월 28일

지은이 허버트 조지 웰스 **옮긴이** 손현숙
발행인 김혜경 **편집인** 김수진
주니어 본부장 박창희
편집 박진홍 정예림 강민영
디자인 전윤정 김혜은
마케팅 최창호 **홍보** 김인진
경영지원국 안정숙
회계 임옥희 양여진 김주연

펴낸곳 (주)도서출판 푸른숲
출판등록 2003년 12월 17일 제2003-000032호
주소 경기도 파주시 심학산로 10, 우편번호 10881
전화 031) 955-9010 **팩스** 031) 955-9009
인스타그램 @psoopjr **이메일** psoopjr@prunsoop.co.kr
홈페이지 www.prunsoop.co.kr

ⓒ 푸른숲주니어, 2007
ISBN 978-89-7184-703-3 44840
       978-89-7184-464-9 (세트)

* 잘못된 책은 구입하신 서점에서 바꾸어 드립니다.
* 이 책 내용의 전부 또는 일부를 재사용하려면 저작권자와 푸른숲주니어의 동의를 받아야 합니다.